AF424720

Unbesiegbar:
Ein Westernroman

Richard G. Hole

Far West 1

ZUSAMMENFASSUNG

Drei Gesetzlose, die im unwegsamen Gelände stationiert waren, tauchten plötzlich auf dem Weg auf und zeigten auf ihn.

Aber kaum hatten sie den Reisenden aufgehalten und versuchten, ihn zu umzingeln, um ihm das Geld zu entziehen, holte er mit der erworbenen Leichtigkeit den kleinen Revolver hervor, den er an seiner Hüfte trug, und mit zwei genauen Schüssen, die fast vibrierten gleichzeitig erschoss er zwei der Männer. Gesetzlose.

Als der dritte erstaunt reagieren und die Aggression abwehren wollte, brachte ihm ein neuer Schuss eine Hand und einen Revolver und zwang ihn, eine Böschung hinunterzustürzen, um nicht das Schicksal seiner Gefährten zu erleiden.

Unbesiegbar ist eine Geschichte aus der Wild-West-Sammlung, einer Sammlung von Romanen, die im amerikanischen Far West entwickelt wurden.

UNBESIEGBAR

KAPITEL I

ZWEI "VERLORENE KUGELN"

Bud Raines wurde mit dem "Colt" in der Hand geboren, wie alle Einwohner der Region einstimmig bestätigen. Wir wagen es nicht zu versichern, dass dies materiell so passiert wäre, aber metaphorisch hätte niemand versichern dürfen, dass es nicht wahr ist.

An dem Morgen, als er in einer fröhlichen Stadt neben einer der großen Biegungen des Colorado River, dem Grand Canyon, zwischen den Indianerreservaten von Havasupai und dem kleinen Colorado zur Welt kam, bestätigte sein Großvater, der alte Kelly, sehr ernst bei der Beobachtung dass Bud auf den Planeten kam und beide Fäuste beißte:

„Schau ihn an, armes Ding; Er wird verrückt, weil er nicht in der Lage war, einen guten "Colt" von 45 zu drehen, wie seine ganze Familie.

Und als er erkannte, dass es seine Pflicht war, dem Neugeborenen das so ersehnte "Gadget" zu geben, nahm er seins aus dem Halfter, zog die Kugeln aus und legte es in Buds zitternde Hände, die den Lauf wütend an den Mund hob, als ob... Es war die leckerste Flasche.

Seit diesem Tag war der Revolver das Lieblingsspielzeug, um ihn zum Schweigen zu bringen, wenn er einen Hund fing. Großvater Kelly verwandelte sich in seine Gouvernante, hielt ihn in den Händen, drückte auf den Abzug, um den Jungen abzulenken, und als Bud losging, fand er einen alten Revolver, band ein Seil an den Stürmer und Bud zog ihn mit. durch die Ranch-Räume, als wäre es ein auf dem luxuriösesten Basar gekauftes Fahrzeug.

Als Bud acht Jahre alt war, bestand sein Großvater darauf, dass es an der Zeit sei, mit der ersten Unterweisung des Neophyten zu beginnen, was ihn dazu veranlasste, den Umgang mit der Waffe ernsthaft zu proben. Old Kelly, ein großer Kenner des Temperaments, behauptete, das Blut seines Enkels sei eine Ladung Dynamit mit einer brennenden Zündschnur im Inneren, und daher hatte ein Mann mit solchem Temperament kein größeres Dilemma, als zu lernen, mit dem Revolver besser umzugehen als jeder andere. oder sich Sorgen machen, ein gutes Grab auf dem Dorffriedhof zu bekommen, um es zu besetzen, sobald sein Blut ihn warnte, dass er aufgehört hatte, ein Junge zu sein, um ein Mann zu werden.

Und zu glauben, dass die alte Kelly Recht hatte. Lange bevor er erwartet hatte, hatte Bud Gelegenheit, seine Ungestümheit zu zeigen und zu bezeugen, wie gut er die Lektionen seines Großvaters genutzt hatte.

Als er erst zwölf Jahre alt war, machte er eines Tages mit seinem Vater einen Ausflug in eine nahegelegene Stadt namens Apex, wo sein Vater die Menge des verkauften Viehs abholen musste.

Als sie in der Abenddämmerung zum Grand Canyon zurückkehrten, tauchten plötzlich drei Gesetzlose, die im unwegsamen Gelände stationiert waren, auf dem Weg auf, zeigten auf Buds Vater und verachteten ihn, weil er ihn für eine Kreatur hielt, die die Flasche immer noch zwischen den Zähnen hatte; Aber sobald sie den Reisenden aufgehalten hatten und versuchten, ihn zu umzingeln, um ihm das Geld zu entziehen, holte Bud mit der Leichtigkeit, die sein Großvater ihm beim Umgang mit der Waffe gemacht hatte, den kleinen Revolver hervor, den er an seiner Hüfte trug , und mit zwei genauen Schüssen, die fast gleichzeitig vibrierten, schlugen zwei der Gesetzlosen nieder und als der dritte erstaunt reagieren und die Aggression abwehren wollte, brachte ihm ein neuer Schuss eine Hand und einen Revolver und zwang ihn zu Fall und Böschung, um nicht das Schicksal seiner Gefährten zu erleiden.

Die Leistung verbreitete sich durch Mundpropaganda in der gesamten Region und Bud wurde mit Respekt betrachtet, als er erst in dem Alter war, um für seine Possen eine Tracht Prügel zu bekommen.

Das Seltsame war, dass Bud von seiner Leistung nicht tragisch begeistert war. Das Blut schien ihn nicht zu beeindrucken und als sein Großvater ihn zum x-ten Mal zwang, die Einzelheiten seiner Leistung zu wiederholen, versicherte der Junge sehr förmlich:

"Es war etwas Kostbares, Opa." Er wollte unbedingt mit jemandem proben, denn er hatte es schon satt, Bäume und Wildenten zu werfen. Es scheint mir, dass ich das nächste Mal, wenn ich wieder schieße, auf diesen brutalen Fred Sanders schießen werde, der mich mehrmals mit seinen schrecklichen Fäusten in den Boden beißen musste.

Fred Sanders war der Sohn des Ranchvorarbeiters von Buds Vater, ein großer, stämmiger Junge, im gleichen Alter wie Buds und Buds bester Freund. Gemeinsam waren sie auf den Weiden aufgewachsen, ohne Gott oder den Teufel zu fürchten, und zusammen hatten sie unzählige kleine, alterstypische Raubüberfälle verübt und sich gegenseitig geholfen, wenn jemand ein Unglück erlitt.

Die beiden liebten sich wie Brüder; Aber als ihre Meinungsverschiedenheiten explodierten, legten sie die Kriterien mit den Fäusten fest, und obwohl Bud stark und zäh war, war sein Freund geschickter und schlug ihn schließlich.

Wenn dies geschah und Bud wütend war, aber ohne eine Träne zu vergießen, die aus Mund oder Nase blutete, trug Fred ihn auf seiner Schulter, ignorierte die Tritte seines Freundes, brachte ihn in den nächsten Bach und wusch seine Wunden mit der Sorgfalt, die Ich würde es mit einem kleinen Bruder machen und dann würde ich zu ihm sagen:

"Nun, Bud, hege keinen Groll gegen mich." Ich mache das so, damit man lernt, sich mit Fäusten zu verteidigen, dass Fäuste auch einen Zweck erfüllen. Eines Tages wirst du es können und an diesem Tag wirst du etwas gelernt haben, wofür du mir danken musst.

Aber Bud hat nicht gelernt, Fred zu schlagen. Er hatte seine kräftigen Fäuste an anderen Jungen geprobt, die älter waren als er, und es war ihm gelungen, sie furchtbar anzuwenden; aber als er zusammen mit seinem Freund einen Rückfall erlitt, wurde er von ihm tödlich besiegt, und das Versagen entzündete sein Blut und er schwor sich heftige Rache an ihm zu nehmen.

Opa Kelly, er sah sich selbst und wollte diese Idee aus seinem Kopf verbannen. Er sollte das nicht mit seinem besten Freund tun, und wenn Fred geschickter mit seinen Fäusten umgehen konnte als er, war es seine Pflicht zu lernen, besser damit umzugehen, ihn edel zu besiegen.

Der Erfolg dieses Tages war für ihn schrecklich. Ermutigt durch diese Beherrschung der Waffe schreckte er nicht davor zurück, sich als kleiner Schütze zu präsentieren, und als der Bozo unter seine Nase zu zeigen begann und er dachte, er sei ein Mann mit dem Recht, zwischen echten Männern zu wechseln, tat dies mit solcher Prahlerei, dass er mehr als einmal gezwungen war, zu zeigen, dass er das, was er durch seine Zunge freigab, mit der Waffe in der Hand ertragen konnte.

Als er achtzehn Jahre alt war und kurz bevor sein Vater starb und ein Zusammenbruch in seinem Leben stattfand, der ihn fast in eine Tragödie stürzte, hörte er Leute aus dem Tal sagen, dass ein schrecklicher bewaffneter Mann namens "el Rojo del Colorado" und er, seinen Ruhm und seine Sicherheit im Umgang mit dem Revolver zu nutzen, flüchtete alle Industriellen des Gran Canyon, lebte wie ein König und zwang die Spieler, ihm für jede Nacht, in der sie das Spiel eröffneten, einen Bonus zu geben. in den Spielhöllen.

Bud war es egal, ob er die Spieler übers Ohr hauen würde. Er hasste sie, weil er den Verdacht hatte, sie hätten ihm einmal fünfhundert Dollar mit schlechten Künsten gewonnen, obwohl er es nicht nachweisen konnte; aber er konnte nicht zugeben, dass sich niemand in der Region anmaßte, mit Waffen in der Hand Respekt zu zollen, während er dort war, und beschloss, den Tyrannen zu erledigen.

Er suchte nach Fred und schlug einfach vor:

„Möchtest du, dass wir ins Dorf hinuntergehen und dieses prahlerische und eingebildete „Rot" beenden?

„Nun, aber meinst du nicht, dass zwei für einen ein bisschen feige sein wird?

„Nicht. Wir werden dir einen Vorschlag machen. Wir geben dir fünf Minuten, um auf einem Pferd zu reiten und die Stadt zu verlassen. Wenn ich nicht will, dann lass ihn wählen, ob du ihn schlägst oder ich erschieße er verachtet dich, akzeptiert mich aber und dann...

"Gut angenommen." Dass Sie wählen; Aber wenn es dich umbringt, sag mir, ich werde es später in Brei verwandeln.

„Scheint richtig. Ich werde dasselbe mit ihm machen, wenn er dich zuerst schlägt.

In dieser Nacht tauchten sie im "El Gallo Verde" auf, wo der Schläger häufiger anhielt, und als sie ihn an einem Pharaonentisch entdeckten, wie er das Spiel beobachtete, näherte sich Bud ihm, ließ seine Hand auf seine Schulter fallen und sagte ohne weitere Vorworte:

„Hör zu, Freund; dieser „das war Fred" und mich, es stört uns sehr, dass hier, wo wir geboren wurden, niemand behauptet, stärker und geschickter zu sein als wir eiserne Fäuste und Beweglichkeit der Hände, die den "Co1t" antreiben, dass es niemanden gibt, der dir gleichkommt. Nun, hier sind wir bereit, dir deinen Fehler zu zeigen, und wir lassen dir nicht mehr als zwei Wege zur Wahl: entweder du Kämpfe mit den Fäusten oder erschieße mich, oder du hast fünf Minuten, um die Stadt zu verlassen und die Route zu vergessen, wo du dorthin zurückkehren kannst.

Der Pistolenmann sah sie lächelnd an, sehr amüsiert, als er sie als zwei bartlose Jungen betrachtete, bewusstlos und prahlerisch; aber da die Herausforderung formell und vor vielen Leuten gewesen war, antwortete er mit Ironie:

"Ich bin es nicht gewohnt, Kinder zu verprügeln, weil ich es nie als Männersache angesehen habe." Aber wenn Kinder darauf bestehen, verprügelt zu werden, müssen sie sich freuen. Ich verprügele diese Faust"-prahlende Göre erst einmal ordentlich, und dann stoße ich dir zwei Kugeln in die Rippen, damit du eine Weile kratzen musst.

"Nun, bleib beim Plan." Sagen Sie uns jetzt, ob Sie Veilchen für Ihr Grab bevorzugen oder eher immergrüne Pflanzen mögen. Wir haben die Angewohnheit, jedem, dem wir ewige Ruhe schenken, eine Krone zu geben, und Sie werden nicht die Ausnahme sein.

Der Bandit brach in Gelächter aus und sagte:

"Ich will euch nicht ruinieren." Mit einem guten Strauß Disteln habe ich genug.

"Sehr gut. Nun, Sie werden zufrieden sein.

Das Publikum, das Bud und Fred gut kannte, war von dieser Veranstaltung begeistert. Nur diese beiden Wahnsinnigen konnten sie ihrerseits ohne Enthüllung von den Raubüberfällen des Schützen befreien, und sie warteten erwartungsvoll auf den Kampf, da sie beide für würdige Rivalen hielten.

Fred zog seine Lederjacke und Weste aus, krempelte die Ärmel seines Hemdes hoch, um zwei nicht sehr dicke Arme, aber mit schrecklich kultivierten Muskeln freizulegen, und wandte sich an "den Roten", der dieselbe Operation durchführte. , Er sagte:

"Wir können die Show jederzeit starten."

Sie alle starrten auf die haarigen, geschwärzten Arme des Gesetzlosen und tief in ihrem Inneren setzten sie keinen Dollar auf Fred. Sein Rivale war viel härter und schwerer, und sie gingen davon aus, dass er ihn zu Tode prügeln würde.

Der Kampf begann im Spielsaal der Spielhölle, der geräumt worden war und den Teilnehmern viel Platz ließ, und sie begannen in einem großartigen Kampf den Kampf, der hart, spektakulär und aufregend war.

"El Rojo" erhielt trotz seiner Kraft und seiner Fäuste schreckliche Liebkosungen von Freds, der mit äußerstem Mut kämpfte; aber er verstand es auch, seinem Rivalen furchtbare Schläge zuzufügen, die sein Gesicht bedauernswert erscheinen ließen.

Beide bluteten aus Mund, Nase und Augenbrauen, keiner gab in dem schrecklichen Kampf nach; aber es wurde beobachtet, dass Fred weniger standhalten konnte als sein widerstandsfähiger Feind, und dass, wenn der Kampf nicht null war, er sich zugunsten des Schützen beugen würde.

So war es. Als beide schon erschöpft waren, schaffte es "der Rote" seinem Rivalen, übersehend, seine riesige Faust auf das Kinn zu legen, und dieser rollte sich überrascht und mit abgedrehten Kräften auf dem Boden und ließ ihn besinnungslos zurück. .

Der Gesetzlose ließ sich auf einen Hocker fallen, schnaubte wie ein Bär und bat um Whisky, um sich zu sammeln, und Bud, der ihn ruhig beobachtete, kam auf ihn zu und sagte:

"Ich nehme an, Sie werden nicht in einer guten Verfassung sein, um mit dem Revolver umzugehen, und ich möchte nicht, dass sie sagen, dass ich ihn ausnutze, um Sie wie ein Huhn zu töten." Ich gebe ihm die ganze Nacht, damit er sich ausruhen und gesund werden kann, und morgen, um zehn, werde ich ihn holen, damit wir die Sache zu Ende bringen können. Ich habe mir vorgenommen, nach fünf nach zehn keinen Schatten über das Land dieser Stadt zu werfen, und ich gebe Ihnen keine weitere Minute.

Der Bandit, gestresst von seinem Triumph, akzeptierte den Waffenstillstand und zog sich, nachdem er fast eine Flasche Whisky ausgetrunken hatte, zur Ruhe zurück.

Bud nahm den leblosen Körper seines Freundes und brachte ihn auf die Ranch, wo er sich um seine Wiederbelebung kümmerte, was ihn viel Arbeit kostete, und als er erfolgreich war, sagte er:

"Du warst nicht schlecht, aber deine Taktik war falsch." Du hättest seinen Magen bearbeiten sollen, anstatt zu versuchen, ihm die Zähne zu brechen. Ich bin froh, dass dich jemand einmal im Leben verprügelt hat, aber ich werde es dir rächen. Morgen bringe ich diesen prahlerischen Idioten um, und wenn du heiß bist, verprügele ich dich stärker, als er dich jemals dafür gegeben hat, dass du dich schlagen lässt.

Am nächsten Tag begab er sich zur verabredeten Zeit in "El Gallo Verde" auf der Suche nach dem Schützen, der wie ein richtiger Mann zum Termin gekommen war. Fred war hartnäckig gewesen, seinen Freund zu begleiten, denn wenn er wie ein Widder fiel, war er bereit, wieder mit dem Unerwünschten zu kämpfen und sein Herz zu lähmen, um seinen Freund Bud zu rächen.

Er schlug vor:

"Lass uns an einen Ort gehen, wo wir den Boden nicht mit unserem dreckigen Blut beschmutzen." Zweihundert Meter entfernt gibt es ein sehr gutes Luzernefeld, in dem sie uns begraben können.

Der Bandit akzeptierte und sie gingen auf das Feld. Bereits dort wurde ein Cowboy als Pate ausgeliehen.

Die Kandidaten wurden in zwölf Metern Höhe platziert, wobei die Arme am Körper hingen, und der Richter zog die Warnung zurück, dass er eine vorbeugende Ohrfeige geben und eine weitere, um sich zu beeilen, um zu schießen.

Bud, gelassen, als ob er bei einem Rodeo wäre, hatte seine Augen auf die von "Red" gerichtet, der angesichts der Ruhe dieses fast bartlosen Jungen nicht sehr ruhig wirkte, der zu leicht beurteilt zu haben schien, und als er den ersten Schlag vibrierte, beide versteiften sich mit dem Ohr aufmerksam auf das Finale.

Als es wie ein Kanonenschuss vibrierte, bewegte sich Buds rechte Hand auf unwahrscheinliche Weise. Niemand, der dem Duell beiwohnte, bemerkte, wie er den Revolverkolben erreicht hatte und wie er geschossen hatte; Tatsache war jedoch, dass, als "Red" seinen riesigen "Colt" halb aus dem Holster gezogen hatte, er einen Schuss mitten ins Herz erhalten hatte, der ihn daran hinderte, seinen Versuch zu beenden.

"The Red One" fiel flach auf die Luzerne, vergrub sein Gesicht darin, und Bud wandte sich ruhig an Fred und sagte:

"Mal sehen, wann du lernst, so zu schießen." Sie sind ein Arsch, der mit dem "Col" umgeht, und ich glaube, Sie bewegen sogar Ihre Fäuste.

„Nun", sagte Fred ruhig. Wenn ich heile, werde ich es dir in deinem eigenen Fleisch zeigen.

An diesem Nachmittag wurde der Gesetzlose begraben, und Bud folgte seinem Angebot, sprach ein Gebet für die Seele des Toten und legte das Distelbündel auf sein Grab.

Trotz dieses Verlangens nach Kampf und Blut war Bud weder ein hartgesottener Junge noch ein Sadist. Er hatte ein Herz aus Gold und war prächtig bis zum Sättigungsgefühl, und nur wenn es um sein Selbstwertgefühl im Umgang mit der Waffe ging, wurde er ein Biest und erkannte weder Freunde noch Feinde.

Seine Taten hatten ihm viel Unmut bereitet, und der junge Mann, der erkannte, dass die Stadt kein großes Experimentierfeld für seine zerstörerischen Fähigkeiten war, sehnte sich danach, aus ihr herauszukommen und den Westen zu bereisen, um ungehindert und eingeschränkt in die seinen Wunsch zu kämpfen bewirken; aber der Widerstand seines Vaters war heftig und Bud war gezwungen, den Autor seiner Tage zufriedenzustellen, den er wahnsinnig liebte.

Aber wenig später verstarb der alte Jim unerwartet und Bud, anstatt den "Colt" ins Halfter zu stecken und sich um seinen Besitz zu kümmern, kam ihm der Gedanke, dass dies der richtige Zeitpunkt war, seinen Freunden eine Freude zu machen. Eifer und ohne vorherige Rücksprache mit jemandem verkaufte er die Ranch und beschloss, zufällig zu gehen.

An dem Tag, als er sich zum Fliegen fertig machte, suchte er seinen treuen Freund Fred und sagte:

"Nun, flügelloser Vogel, hier lasse ich dich zwischen diesem Tal und den Kalkwänden des Colorado verrotten." Ich werde die Welt regieren und dem Finger Freude bereiten. Ich hoffe, wenn ich zurückkomme, wenn ich zurückkomme, haben sich deine Fäuste nicht verhärtet, weil sie sie nicht mehr benutzen.

Fred fluchte wütend:

„Mach dich nicht darüber lustig, verdammt deine Figur! Du nutzt den Vorteil, um dir Spaß zu machen, weil du Geld hast, um dir diesen Luxus zu leisten, und ich nicht. Wenn ich die Dollars hätte, die du in meiner Tasche hast, würdest du mir das nicht sagen.

Bud schüttelte ihn an der Schulter und schrie:

„Du dreckiger Kojote! ... Was sagst du? Ist es nur das Geld, das Sie hier bindet? Wozu habe ich es dann? Verkleide deine Feigheit nicht mit List. Wenn das stimmt, was Sie sagen, packen Sie Ihre Ausrüstung und folgen Sie mir! Solange ich einen Dollar in der Tasche habe, gehört er uns beiden.

Fred zwang sich nicht, den Befehl zu wiederholen. Er ging nach Hause, packte sein Gepäck, reparierte sein Pferd, und in dieser Nacht brachen sie heimlich auf, um den Verdacht seines Vaters nicht zu erregen, der als Vorarbeiter von Buds Ranch bei den neuen Besitzern geblieben war, und brachen in westlicher Richtung auf, um nach Kalifornien einzudringen.

Es waren drei wundervolle Jahre wilden und streitsüchtigen Lebens in Utah, Nevada, Arizona und Kalifornien. Sie gaben den Erlös aus dem Verkauf der Ranch unbesorgt aus und bereisten die härtesten Teile des Westens, immer unter

Menschen, die grob und leichtfertig waren, und obwohl sie für viele glorreiche und triumphale Taten verantwortlich waren, mehr als einmal sie dienten als Feldexperiment für die altmodischen lokalen Ärzte, die neue Verfahren für wilde Heilungen an ihnen ausprobierten, ohne dass der Teufel in der Lage war, dieses berühmte Kämpferpaar, das nur aus dem Vergnügen zu kämpfen und zu behalten kämpfte, in ihre Herrschaftsgebiete zu nehmen ihre Eitelkeit als Männer, die im Kampf geübt sind.

Aber eines Tages, mit vielen gelittenen Emotionen und ein paar Unzen Blei in der Haut, erkannten sie, dass das Geld zu Ende ging, und da sie ihren Wunsch nach Freiheit und Schlägerei gestillt hatten, studierten sie die Situation zum ersten Mal in Ruhe und Sie entschieden, dass der beste Weg war, in das verlorene Zuhause zurückzukehren.

Bud wusste nicht, dass er im Grand Canyon kein Zuhause mehr hatte. Er hatte es in diesen drei Jahren des wilden Lebens verkauft und unterboten, und alles, was er dort finden würde, waren viele Erinnerungen, einige angenehme und andere schmerzhafte, aber nichts mehr.

Stattdessen hatte Fred seinen Vater. Dieser war wegen eines bei einem Rodeo erlittenen Unfalls, bei dem er sich am Fuß verletzt hatte, gezwungen, die Position zu verlassen, doch seine Arbeitgeber hatten ihm eine kleine Rente zugewiesen, mit der er kaum leben konnte.

Als sie die Stadt betraten, hatten die Leute sie fast vergessen. Viele Cowboys waren neu und kannten Bud nur dem Namen nach; Andere hatten die Heldentaten des bartlosen Bud, jetzt ein hartgesottener, stärker gebauter und attraktiver als bei seiner Abreise, aus ihrem Gedächtnis gelöscht, und niemand achtete auf den Mann, der mit der Krone des Siegers zurückkehrte, obwohl diese Krone wäre ich auf der Reise erschöpft gewesen.

Freds Vater empfing sie mit offenen Armen, vergab dem verlorenen Sohn die Flucht und erkundigte sich nach dem Moment nach ihren Plänen.

„Ich komme zur Arbeit, Vater", sagte Fred. Im Westen gibt es für mich nichts mehr zu sehen und Sie brauchen meine Hilfe. Such mir eine Ranch und ich werde dort ein nützlicher und harter Bauer sein.

"Sehr gut, vielleicht kann ich es bekommen." Und du, Bud, was hast du vor?

"Möge der Teufel mich holen, wenn ich es weiß", sagte der Kellner. Ich kam aus einem Impuls heraus, dass ich nicht aufhörte, zu untersuchen. Jetzt ... Ohne Geld habe ich natürlich keine andere Wahl, als zu arbeiten.

"Worüber?

„Was zum Teufel wird es sein? Kenne ich etwas anderes als den Umgang mit Rindern?

"Ich vermute nicht, aber ... werden Sie sich nicht verunglimpft fühlen, dort zu arbeiten, wo Sie ein wahrer Meister sein sollten?"

„Zur Hölle den Stolz dessen, was man nicht haben kann! Ich war, was ich war und werde sein, was ich sein sollte. Ich werde versuchen, einen Job als Vorarbeiter zu finden, wenn sie es mir geben wollen und denken, ich bin gut dafür und dann ... Gott wird es sagen.

„Hör mir zu, Bud", unterbrach Freds Vater. Würden Sie sich nicht verunglimpft fühlen, wenn Sie die Position akzeptieren, die ich auf Ihrer Ranch verlassen musste?

„Warum sollte ich mich verunglimpft fühlen?

„Weil es für Sie schmerzhaft wäre, dorthin zu gelangen, wo Sie hingeschickt werden sollten.

„Bah! Ich bin ein Mann jedes Augenblicks. Ich habe getan, was ich getan habe, überzeugt von seinen Ergebnissen und es belastet mich nicht. Jetzt weiß ich, dass ich nicht mehr als ein Cowboy sein kann und ich werde es vorbehaltlos akzeptieren. Wenn es auf dieser Ranch ist, umso besser. Ich habe Zuneigung zu ihm und diese Zuneigung wird mich dazu bringen, härter zu arbeiten, um ihn zu verteidigen.

"In diesem Fall denke ich, dass ich es reparieren kann, es sei denn, Lou Big, sein derzeitiger Besitzer, hat keine Einwände." Infolge meines Unfalls hat er Rex Milton zum Vorarbeiter ernannt, da er der älteste Arbeiter ist, aber Rex ist weit davon entfernt. Lou sucht einen harten, autoritativen Vorarbeiter, der sein Handwerk versteht und Sie nicht verachten darf.

"Nun, Sie können mit Mr. Big sprechen, wenn Sie es für richtig halten; aber gut verstanden, dass ich die Position nicht annehmen werde, wenn Ihr Sohn Fred nicht als Bauer einsteigt. Ich möchte diesen verdammten Arsch unter meine Kontrolle bringen, weil er... ein nutzloser Cowboy, der mit einem schlechten Lasso nicht klarkommt und trotzdem einen Rock und eine Krankenschwester braucht.

Fred rührte sich und schrie:

„Halt die Klappe, du verdammter Schütze, oder ich verprügele dich!

"Darüber mussten wir reden." Prahle nicht, weil du mich schon oft geschlagen hast. Ich möchte dich jetzt nur unter meinem Kommando haben, damit ich die Chance habe, dich so oft zu versohlen, wie du mir gegenüber aufsässig bist.

"Wir werden uns mit Fäusten streiten, und ich fürchte, Mr. Big muss einen Ersatzvorarbeiter finden, wenn Sie mit einer geschwollenen Nase im Bett liegen."

"Nun, ich nehme die Herausforderung an." Und jetzt können Sie sich bewegen, wie Sie dies erreichen möchten.

Und der alte Sanders hat es getan. Big fand es nicht schlimm, jemanden als Vorarbeiter zu haben, der die Ranch auswendig kannte, und am nächsten Tag nahm er ihn auf und gab ihm den Job vor dem gesamten Team, zu dem Fred gehörte.

Bud begrüßte ihn direkt. Es gab noch einige Peons, die unter ihm arbeiteten, als er Eigentümer war, und er versprach, alle als Partner zu behandeln, forderte jedoch eine Rückgabe, wie er es verlangt hätte, wenn er weiterhin Eigentümer der Hazienda wäre.

Und so kehrte Bud nach dieser dreijährigen Odyssee in das verlorene Zuhause zurück, obwohl es jetzt ein geliehenes Zuhause war.

KAPITEL II

BUD GEHT ZU SCHNELL

Für Bud war sein Eintritt in die Ranch stärker, als er angenommen hatte. Zwei verschiedene und unerwartete Emotionen kollidierten in ihm und erzeugten eine Gefühlsstörung, die lange brauchte, um sie zu verdauen.

Die erste bestand darin, sich an eine ganze Vergangenheit zu erinnern, die die Dynamik seines bewegten Lebens aus seiner Vorstellungskraft gefegt hatte und nur eine kleine Erinnerung hinterließ, die manchmal wie ein ungenauer Traum verschwand, an den man sich bei aller Anstrengung nicht erinnern kann.

Diese Wände erzählten ihm von seiner glücklichen Kindheit, erschüttert von seinem Großvater Kelly, der immer seinen Revolver schleppte, als ob er an ihm befestigt wäre; seiner toten Mutter, als er kaum sieben Jahre alt war, die ihn als höchstes Wesen geliebt hatte und die ernsthafte Zweifel und tiefe Besorgnis gelitten hatte, als er ein Pulver kannte, das umsonst explodiert, und schließlich von ihm Vater, streng, aber süß und liebevoll, hart in der Pflicht, weich, wenn die Zuneigung überfloß und sie fühlte sich in ihm für die Zukunft beleben, als sie ihn sah, jetzt fast ein Mann, stark und groß, tapfer und temperamentvoll, bewusst seine Arbeit und das Versprechen eines Lebens der Fortsetzung des Rennens.

Dann ... erinnerte er sich an die letzte Nacht mit ihr; als er aus einer Laune des Schicksals starb, lag er mit seinem olivfarbenen Gesicht in einer elfenbeinfarbenen Patina auf dem weißen Bett; seine schlaffen Schnurrbärte hingen über seine blutleeren Lippen und seine dünnen, schwieligen Hände über dem Bauch gekreuzt, als wollte er den letzten Schmerz behalten, der ihn von der Welt genommen hatte, bevor er das Recht genoss, das ihm eine Ära höchster Arbeitsanstrengungen gab.

Vielleicht war dies einer der Gründe gewesen, die Bud dazu veranlassten, die Ranch loszuwerden und aus der Umgebung zu fliehen, in der so viel passiert war und so wenig damit zu tun hatte. Jetzt schien er es zu erkennen und empfand eine verborgene Bitterkeit, weil er zurückgekehrt war, um sich an etwas zu erinnern, das er so schlecht begraben hatte, dass es jetzt mit mehr Bitterkeit und Schmerz wieder auftauchte als nach ihrem Tod.

Andererseits fand er das Innere der Ranch verändert vor. Jeder Besitzer hat seinen eigenen Geschmack, und so unterschied sich der jetzige stark vom vorherigen, vielleicht weil sich im Laufe der Jahre Bräuche und Geschmäcker ändern, da sich die Physiognomie der Menschen ändert.

Er bemerkte jedoch etwas sehr Subtiles an dieser Veränderung, das ihn nicht verärgert, sondern eher seltsam machte. Er konnte nicht genau definieren, was es war; Aber sie fand es fröhlicher, vielleicht weißer, mit raffinierten Details, als sie je zuvor gesehen hatte, und diese Details einer weiblichen Spiritualität brachten sie dazu, sich an ihre Mutter zu erinnern, als sie die weise und freundliche Hand war, die sich um die kleine Dekoration des Hauses, im Gegensatz zur Grobheit seiner Bewohner.

Dieses Detail verband ihn mit dieser anderen neuen Emotion, die er bei seiner Rückkehr auf die Ranch erlebt hatte, und diese Emotion war einundzwanzig Jahre alt, dunkel, mit tiefschwarzen Augen, einer feinen und schwankenden Taille, Tapferkeit im Gehen und Überzeugungskraft und Energie in die Stimme. Ihr Name war Nancy und sie war die Tochter des neuen Besitzers Lou Big.

In Buds bewegtem Leben hatten Frauen keine andere Bedeutung als leicht zu vergessende zufällige Zufälle. Keiner hatte seinen Weg mit hinreißender Wucht gekreuzt, und alles war ein kleiner Zeitvertreib auf seinen rastlosen Reisen durch den Westen. Wenn sich die Matrosen rühmen konnten, "in jedem Hafen eine Liebe" zu hinterlassen, konnte er sie parodieren, indem er behauptete, er habe in jedem Dorf ein paar Stunden Liebesbeziehung hinterlassen; aber am nächsten Morgen hatten die Entfernung und der Staub der Straßen sie ausgelöscht.

Aber jetzt, beim Auswerfen des endgültigen Ankers des Schiffs seiner Existenz, angesichts eines einzigen Panoramas, das den Eindruck des Gesehenen nicht ändern oder von seiner Netzhaut löschen konnte, die Figur der Nancy mit ihrer angeklagten Persönlichkeit und ihrer unwiderstehlichen Anziehungskraft. Es war wie eine Strafe für seine Leichtfertigkeit; etwas, das ihn bestrafte, sich in einer Stunde wieder zu konzentrieren, was er für ein zukünftiges Martyrium, das Gott wüsste, wie er es ertragen könnte, in alles verstreut hatte, und diese Überlegung ließ ihn bedauern, dass er zurückgekehrt war und vor allem zugestimmt hatte, wieder einzutreten dieses Haus, in dem man nun sah, wie es in einem exotischen Spiegel betrachtet werden konnte, in dem die Figuren in die entgegengesetzte Richtung zur Realität projiziert wurden.

Einen Moment lang erwog er, sein Pferd zu nehmen und ohne weiteres zu gehen. Sein Charakter war das; aber in ihm steckte der Hintergrund eines stolzen Mannes, der sich ohne einen vorherigen Kampf nicht geschlagen gab.

Wenn er der erste Beherrscher des "Colt" in ganz Colorado sein wollte und es ihm gelungen war, warum sollte er dann nicht andere Dinge als die oder schwierigere erreichen?

Einen Kampf um die Liebe, um den Tod nicht zu führen, hieße, auf sein Sein zu verzichten, und statt darauf zu verzichten, sah er sich lieber auf dem Friedhof neben dem Grab seines Vaters, mit einem Blumenstrauß auf der Platte und Die Sonne ansehen. , oder in die Wolken.

Andererseits, wer könnte dagegen sein, es zu versuchen? Niemand, außer dem interessierten, und dieser war auch zu schlagen. Nancy war Single, und während sie es war, hatte sie nichts verloren, um ihre Eroberung zu versuchen.

Er hatte zwar erkannt, dass dieser eitle Laurence Raft, angeblicher Erbe der Ranch "Caja Bonita", ein Anwesen mit mehr Tradition in der Region als von positivem Wert, aber es war kein Hindernis, das Bud sehr störte. . Er konnte auf viele Arten eliminiert werden, entweder indem er Nancys Liebe für immer gewann oder ihr Gesicht mit Fäusten entstellte oder indem er ein paar Schüsse zwischen die beiden Augenbrauen setzte, um ihn von der Idee abzubringen, das Mädchen zu heiraten. schöne Ranchera.

Und da Bud ein Mann war, der zum Kämpfen geboren wurde und was er am wenigsten mochte, war Untätigkeit, beschloss er zu bleiben und seine ganze Energie zwei Dingen zu widmen: das Vertrauen und die Wertschätzung seines Arbeitgebers zu gewinnen und ihm zu zeigen, dass er der ideale Mann war, um es zu werden . in einer mehr oder weniger fernen Zukunft die Hazienda zu übernehmen und Nancy sich zu verlieben, die letztendlich diejenige war, die in dieser Angelegenheit das letzte Wort haben sollte.

Und da Bud ganz Wille war, als er es vorschlug, begann seine Aufnahmearbeit am selben Tag, an dem er seine Situation eingehend untersuchte und vorschlug, die Tage in doppelter Ausrüstung durchzuführen.

Bald erkannte der alte Big, dass die Übernahme, die er gemacht hatte, Bud als Vorarbeiter zuzulassen, kein Mythos war. Der junge Mann vollbrachte nicht nur Wunder auf den Weiden und Rodeos mit dem Vieh, sondern bot ihm in seiner Freizeit auch an, ihm beim Tragen der Bücher zu helfen, ihm Ratschläge zu den Märkten zu geben, die er sehr gut kannte und zum Verkauf der Hatajos, und dies Seine Arbeit wurde belohnt: Big vertraute ihm voll und ganz und verbesserte nicht nur sein Gehalt, sondern verlieh ihm auch den Status eines Mannes in der Privatsphäre seines Hauses und nicht eines Angestellten desselben.

Wenn es die Umstände erlaubten, widmete Bud seine Aufmerksamkeit Nancy; manchmal, indem sie ihr echte Berge von Landblumen mitbrachte, die sie sehr mochte; andere halfen ihr, die unendlichen Töpfe zu reparieren, die sie auf dem Geländer der oberen Galerie aufgestellt hatte; manche brachten ihr Reitkunststücke bei, die das Mädchen nicht kannte, und das alles immer begleitet von ihrem schönsten Lächeln, sehr respektvollen Sätzen und eleganten und zurückhaltenden Gesten.

Diese Rekrutierungsarbeit hatte ihn veranlasst, sich etwas von der Gesellschaft seines unzertrennlichen Freds zu distanzieren. An vielen Samstagen ging sie nicht mehr ins Dorf, um Spaß zu haben, wie das Team es tat, und behauptete andere Vorwände, und manchmal hatte sie Miss Nancy versprochen, sie zu begleiten, um Honig von den Waben zu stehlen; andere, weil sie die Geschwindigkeit einer neuen

Jackfrucht testen wollten und andere ... ohne spezifische Erklärungen zu geben. Eines Tages tadelte Fred ihn gelangweilt:

"Hey, du kleiner Jährling, wie denkst du über meinen Körperbau?"

„Phs! Nicht so schlecht. Ich kenne sie etwas hässlicher.

„Glaubst du, wenn ich meinen Teint schminke und ein paar schöne Röcke anziehe, würde ich dich dazu bringen, mir etwas mehr Aufmerksamkeit zu schenken?

„Wozu zum Teufel kommt diese Frage?

"Weil Sie keine Zeit oder Augen mehr haben außer Miss Nancy und der Rest zählt nicht mehr für Sie in der Welt."

Bud versuchte sein Erröten bei der Entdeckung seines Freundes zu kontrollieren und schrie:

„Sei nicht albern, Fred! Sie verwechseln Galanterie mit den Hörnern der Jährlinge.

„Und einer mit sechs Jahren, um dich von mir abzuwenden! fügte Fred boshaft hinzu. Sie haben Ihr Gehirn von dieser Knospe verschluckt und Sie werden die größte Enttäuschung Ihres Lebens erleben. Du bist zu hoch für deine Größe.

"Weil? Bud brüllte außer sich.

"Weil weder Vater noch Tochter dich jemals als ihren Mann haben wollen." Es gibt schönere und mit mehr Geld.

Bud ging ungestüm auf seinen Freund zu, schüttelte ihn und rief:

„Wiederhole das und ich schlage dir ins Gesicht!

„Nun, es wiederholt sich, und jetzt versuchen Sie zu sehen, ob Sie Ihre Drohung wahr machen können.

Bud stürzte sich auf Fred und schickte ihm einen direkten Schuss, der ihm den Kiefer öffnen würde, wenn er ihn vollständig erwischte, und Fred schnappte zurück und traf einen auf seine Brust, der ihn wie einen Tiger brüllend zurückschickte.

Lange Zeit überlegte er wütend, ob er seinem Freund nutzlos ins Gesicht schlagen wollte und dafür mehrere Zärtlichkeiten von ihm erhielt, die er in die Wut passte, bis ihm klar wurde, dass er, wenn er darauf bestand, sein Gesicht entstellen würde, was ihn dazu bringen würde, Lächeln. zu Nancy gab er es auf zu sagen:

"Es ist in Ordnung. Ich bin heute nicht in Form. Ein anderer Tag wird sein.

"Nein, wenn du in Form bist, passiert mit dir, dass du nicht willst, dass sie auf dein Gesicht zeigt und sie lacht, wenn sie weiß, was ich dir geschlagen habe." Ja, ich werde dich gut kennen!

Bud knirschte mit den Zähnen und gestand:

"Es ist in Ordnung. Du hast recht. Aber eines Tages werde ich bezahlt. Außerdem bist du derjenige, der am wenigsten das Recht hat, sich über mich lustig zu machen.

„Wer macht sich über dich lustig, du Arschloch? Was ich tue, ist, Sie vor dem zu warnen, was Ihnen passieren kann.

""Weil? Bin ich nicht so ein Mann wie jeder andere?

"Aber ein Mann hat nur einen schlechten Preis." Nehmen wir stattdessen zum Beispiel Laurence Raft; Es hat mehr Wert.

"Was schlägst du vor? Bud brüllte. Was suchst du ihn und steckst ihm zwei Kugeln in den Mund, um sein dummes Lächeln zu verderben?

"Gott bewahre dich davor, es zu tun." Dann würde sie dir übel nehmen und der eingeschlagene Weg wäre nutzlos.

Bud wurde von den pessimistischen Bemerkungen seines Freundes geplagt. Sie hatte in keinem Aspekt ihres Lebens einem Mann nachgegeben, und sie würde Laurence auch jetzt nicht nachgeben, gerade bei dem wichtigsten Problem, das sich ihrem Herzen vorgestellt hatte.

Bud dachte über die Situation nach und glaubte, sich in der Liebe der jungen Frau durchgesetzt zu haben. Nancy war mit ihm zufrieden und suchte seine Gesellschaft mit einem gewissen Interesse, das nicht unbemerkt blieb.

Mehr als einmal hatte er den stolzen Rancher verschoben, weil er in Verbindung mit Bud, den er als männlicher, aggressiver und feiner im Umgang erkannte, eine Laune machte, und diese Details schmeichelten Bud nicht nur, sondern gaben ihm auch Illusionen für die Zukunft.

Aber abgesehen von diesen warmen Momenten der Sentimentalität und Gelassenheit war der junge Mann immer noch der ungestüme und schreckliche Mann, der er immer gewesen war.

Im Team gab es Elemente, die nach ihrem Marsch in den Grand Canyon eingedrungen waren und einer von ihnen, ein Kalifornier, groß und stark wie Eiche, der sich rühmte, ein zäher und streitsüchtiger Mann zu sein und der schon unzählige Streitereien in der Stadt verursacht hatte.

Scott, der der Peon genannt wurde, zeichnete sich mehr durch seine provokative Natur als durch seine Liebe zur Arbeit aus, und Bud, der dort, wo er war, keine Unhöflichkeit zugab, nahm ihn bei dem Taschentuch, das er um den Hals trug, anlässlich der überraschte ihn, als er durch die Weiden wanderte, und sagte, ohne sich aufzuregen:

"Scott, ich habe dir schon mehrmals gesagt, dass du nur zum Arbeiten hierher kommst." Um die Landschaft zu betrachten, gehen Sie zum Grand Canyon, der sie wunderschön hat, und Sie stehlen nicht ungestraft das Geld der Leute.

Scott fand den Verweis zu stark, besonders vor seinen Teamkollegen, und erwiderte, sich selbst ermutigend:

"Hey, Bud, ich denke, du gibst viel an und ich bin kein Mann, der Drohungen von irgendjemandem ertragen kann."

Bud würdigte keine Antwort; Er packte ihn mit der rechten Hand, ohne das linke Taschentuch loszulassen, hob ihn in die Luft und schleuderte ihn mit einer wunderbaren Salve ins All, um die unerwartete Flugreise kopfüber in einen der Teiche zu beenden, wo er das Vieh tränkte .

Ein Chor von lautem Gelächter begrüßte die Leistung, und als es dem gedemütigten Peon gelang, triefend und voller Schlamm auf das Festland zu gelangen, näherte er sich ihm und sagte:

»Und jetzt mache ich ihn mit meinen Fäusten trockener als Esparto in der Sonne.

Er verstand es, die Lektionen, die er von Fred erhalten hatte, wunderbar auf Gesicht und Körper des Arbeiters anzuwenden, den er zehn Minuten später in den Armen seiner Gefährten zurückließ, damit sie die schwierige Aufgabe versuchen konnten, ihm verständlich zu machen, dass er war noch in der Welt der Lebenden.

Das Kunststück wurde von Big, seiner Tochter und Laurence Raft, die an diesem Morgen mit dem Vater und der Tochter ins Dorf gegangen waren, miterlebt. Big, ein Freund der Disziplin und liebte seinen unhöflichen Vorarbeiter, ließ nicht den Eindruck aufkommen, den das Ereignis auf ihn ausgeübt hatte; Nancy war ganz gerührt von der Aggressivität und Tapferkeit des ungestümen Vorarbeiters, und Laurence, der sich rühmte, ein zäher Mann zu sein, und der sich gerne damit rühmte, blickte von der Spitze des Pferdes zu Bud, der schrecklich verärgert war, als er ihn entdeckte in der Nähe der jungen Frau. , und kommentierte verächtlich:

"Wenn Sie der Vorarbeiter meiner Ranch gewesen wären, hätten Sie nicht zugelassen, dass meine Peons so behandelt werden." Die Weiden sind keine Spielhölle, in der Kämpfe gerechtfertigt sind.

Bud bewegte sich wütend und schrie:

"Hey, Laurence, warum gehst du nicht auf die Dinge ein, die dich beschäftigen und lass die Dinge, die dir egal sind?" Wenn Sie gerne in Spielhöllen kämpfen, bin ich es nicht; aber ich soll es tun, wo ich einen Mann finde, der mich ärgert, und du mich schon lange nervst.

Laurence, der sich vor dem Mädchen so herausgefordert sah, fühlte, dass er in ihrer Gegenwart angeben sollte, indem er dieses untergeordnete Wesen bestrafte, das er auch hasste, weil er Nancy so unterwürfig war, und löste sich mit einem ungestümen Sprung vom Pferd , versuchend, auf Bud zu fallen. um Sie im Herbst zu überraschen; aber dieser, der auf den Angriff wartete, streckte seine Arme aus, fing ihn beim Sturz auf, und bevor er sich umdrehen konnte, hatte er ihn zum Pool geschickt, wie er Scott geschickt hatte.

Die Haltung, die sie beim Fallen eingenommen haben muss, war zweifellos so extravagant, dass Nancy trotz der Dramatik der Situation ein lautes Lachen nicht unterdrücken konnte, das wie eine silberne Glocke vibrierte.

Bud fühlte sich sehr geschmeichelt, ihr Lachen zu hören, und als er sich dem Teich näherte, wartete er darauf, dass Floß aus dem Schlamm entkam und als er es tat, sah er ihn an und sagte:

"Und jetzt bin ich bereit, Ihnen alle Erklärungen zu geben, die Sie wollen und in dem Bereich Ihrer Wahl."

Groß, verängstigt, intervenierte, um zu sagen:

„Hör auf, Bud! Sie haben Ihre Aktionen überschritten. Herr Raft ist unser Gast und ich kann eine solche Behandlung nicht vertragen.

"Ich kann auch nicht dulden, dass jemand außerhalb der Ranch meine Methoden zensiert, die hübschen Kinder zu behalten, die bezahlt werden, nicht arbeiten und mich bedrohen." Ich glaube nicht, dass du mich dafür bezahlst.

"Natürlich nicht. Wie auch immer, ich bitte Sie alle, diesen unangenehmen Vorfall als selbstverständlich hinzunehmen. Komm schon, Floß, bitte. Oben auf der Ranch können Sie sich umziehen.

Floß murmelte durch zusammengebissene Zähne:

"Wir werden das eines Tages regeln, Bud." Ich bin kein Mann, der Rechnungen unbezahlt lässt.

„Ich zahle es dir als Umsatz, wenn ich es abhole", sagte Bud schlicht.

Die Situation, die durch diese Vorfälle geschaffen wurde, machte Big ein wenig Angst. Ihr Vorarbeiter war ein idealer Mann, aber sein Charakter drohte für sie ernsthafte Konflikte zu verursachen, insbesondere durch die Vermittlung dessen, was jetzt zwischen ihm und Raft vermittelte. Tage später, als der Samstag kam, wollte Bud die Ranch nicht verlassen, und am Sonntag zeichnete er allein und gelangweilt im Schuppen seine alte mexikanische Gitarre, die er schon lange nicht mehr gezeichnet hatte, und saß auf einer Bank im Patio widmete er sich dem Pressen und sang alte spanische Luftlieder, die er bei seinen Streifzügen durch den Westen gelernt hatte.

Bud hatte eine ausgezeichnete Baritonstimme und viel Geschmack und Gefühl beim Singen, und so widmete er sich an diesem Tag, dominiert von einer Melancholie, deren er nicht verstehen konnte, woher sie kam, der Improvisation von Liedern über alte hispanische Musikthemen, die immer zielt darauf ab, ein Lied zu singen. stille und unmögliche Liebe.

Einmal hob sie den Blick auf das Geländer, zu dem Nancy sich immer beugte, um die Sonnenuntergänge zu beobachten, und mit zusammengekniffenen Augen sang sie:

Ich habe brennende Disteln

in meinem Herzen;

deine Augen haben sie gefangen

bösartig und ohne Mitleid.

Und obwohl am Ende, in meiner Brust

bleibt nur,

Ich bitte dich, mich zu umarmen

mit dem Glanz deiner Augen.

Rancherita! ... Rancherita!

 Schau mich aus Mitleid an

bis nichts mehr übrig ist

meines armen Herzens! ...

Die letzte Strophe erstarb in einem aufgeregten Tremolo in seiner Kehle, und als er es am wenigsten erwartete, rief Nancys frische und harmonische Stimme etwas zu aufgeregt vom Geländer:

„Sehr schönes Couplet, Herr Raines! Ich kannte dich nicht so sentimental und mit einer so schönen Stimme!

Bud, wie ein Schuljunge im Dunkeln, errötete bis zum Weiß seiner Augen, als er von diesem intimen Akt seiner verborgenen Gefühle überrascht war, und stammelte:

"Oh, entschuldige, ich wusste nicht, dass du da bist!"

„Und das hat zu tun? Ich mochte seine Lieder sehr. Du spielst sehr gut Gitarre und singst besser.

"Vielen Dank, Miss Nancy." Ich wachse es wenig. Manchmal, wenn ich ein bisschen traurig bin, komme ich herum ...

Sie löste sich vom Geländer und ging hinunter auf die Terrasse, die von einem Spiegelbild des Mondes getaucht war, der die üppige Ranke, die die Veranda umarmte, silbern malte.

Nancy war wunderbar schön, in einer geblümten Robe, das Haar offen, und der weiße und gedrehte Ausschnitt wurde durch das Blau des Stoffes hervorgehoben.

Bud wurde fast ohnmächtig, als er beobachtete, wie sie sich in diesem sentimentalen Moment in seinem Leben auf ihn zubewegte.

Nancy ging zu ihm hinüber und streckte ihren Ebenholzarm aus und griff nach der Gitarre, die Bud ihr mit qualvollem Zittern reichte. Das Mädchen stellte ihren linken Fuß auf die steinerne Bank, entblößte ihr hübsches Bein, legte die Gitarre in ihren Schoß und nachdem sie die Saiten überprüft hatte, klimperte sie mit großer Anmut und Stil ein mexikanisches Lied.

Schließlich sang er mit leiser Stimme, aber mit einem Timbre, das ein Kompliment und eine Ermutigung war:

 Manito, verzweifle nicht,

diese Liebe ist ein Stern;

der sie erreichen will

es wird hochgehen.

 Dann bot er Bud die Gitarre an und sagte:

"Eines Tages werde ich dich bitten müssen, für mich zu singen."

Angeregt durch das Verspaar, glaubte er, es sei wie ein verstecktes Versprechen, näherte sich ihr mit leiser Stimme:

„Glaubst du an den Sinn dieses Verses?

Sie starrte ihn in der silbrigen Düsternis an, die ihn umhüllte, und ihre Augen leuchteten wie zwei goldene Kohlen.

"Warum nicht? Er antwortete. Alle Verse haben einen Sinn im Leben.

„Ja, wie bei allen Dingen neigen sie dazu, eine schwierige Barriere zu überwinden. Wer kann einen Stern erreichen?

"Wer den Willen, die Entschlossenheit und den Geist dafür hat." Du kannst mit deinen Gedanken und deiner Seele in den Himmel kommen. Es gibt Dinge, die nicht für die Hand greifbar sind, sondern für den Geist.

„Und Fleisch zählt nicht? Wir sind Menschen und wir debattieren auf der Erde. Alles, was nicht daraus hervorgeht und uns körperlich befriedigen kann, beruhigt unsere Sorgen nicht.

"Dann musst du aufhören, dir zu wünschen, dass sich die Stars nach etwas Alltäglichem im Leben sehnen."

"Weil? Ist es prosaisch, sich nach der Liebe einer Frau zu sehnen?

"Seine Liebe, nein." Deine Liebe kann wie ein reiner und leuchtender Stern sein; aber es gibt diejenigen, die blind sind und aufhören, den Stern zu sehen, um nur den Umschlag zu sehen.

"Das ist unhöflichen Geistern überlassen." Ich bin bis zu einem gewissen Grad ein grober und gewalttätiger Mann. Ich musste gegen den Materialismus des Lebens kämpfen, weil das Leben hier Grobheit und Gewalt auferlegt; aber gerade im Gegensatz dazu habe ich mich immer nach der Spiritualität von etwas gesehnt, das der verhärteten Seele als Zufluchtsort dient und diesen Zufluchtsort nur in einer Frau finden kann.

„Wie viele hast du gefunden, die es dir angeboten und verschmäht haben?

"Keiner. Viele Frauen marschierten auf meinem Weg. Alle hatten dem Sumpf erlaubt, das reine Wasser ihrer Seele zu übernehmen. Meine konnte nicht in einem Teich baden, als sie versuchte, aus ihrem eigenen herauszukommen.

"Dann tröste dich." Irgendwann wirst du es finden.

„Was ist, wenn ich es gefunden habe und eine Wand davor ist, die mich daran hindert, es zu erreichen?

Nancy sah ihn einen Moment seltsam an und antwortete:

„Sind Sie nicht ein tapferer und riskanter Mann, für den es keine Hindernisse gibt? Nun, überspringen Sie es.

Bud fühlte sich in ihm an, als ob ein Messer in ihn gestochen worden wäre und sein heißes, feuriges Blut angestachelt hätte. Einen Moment lang sah er Nancy an, die schön, verführerisch, aufreizend vor ihm stand, und den Schwung, der ihn vorwärts trieb, nicht zurückhalten konnte, warf er sich auf sie, packte sie an der Hüfte und suchte in einer fiebrigen Bewegung ihren Mund zu stampfen. in ihr ein Kuss, der wie die totale Hingabe ihrer Seele war, die sich in Liebe verzehrt. Nancy begann eine instinktive Rückwärtsbewegung, als ob sie versuchte, der Empörung auszuweichen; aber er konnte nicht und seine roten und warmen Lippen spürten das verzehrende Feuer dieses Kusses.

Plötzlich brach eine raue und raue Stimme den Reiz des erhabenen Moments und sagte wütend:

„Du Schurke! ... Sie werden mir von der Empörung erzählen, die Sie mit Miss Big begangen haben!

Bud ließ die junge Frau abrupt los, die sich bei der drohenden Stimme zurückzog und sich Laurence gegenübersah, die mit der Hand auf dem Revolverkolben mit den Augen auf ihn zustach, in denen er blitzte. die Flamme des konzentriertesten Hasses.

Bud versteifte sich. Er hatte seinen Gürtel abgelegt und trug keine Waffe.

Er spannte seine Muskeln an und antwortete:

„Wie soll ich auf deine Herausforderung reagieren, wenn du Waffen hast und ich nicht?

„Um eine Frau zu beleidigen, waren sie natürlich nicht korrekt; Um gegen einen Mann zu kämpfen, ist es besser, sie nicht zu tragen, und so ist die Angst besser versteckt.

Bud zitterte vor Wut, als er diese Sätze hörte. Kein Mann hatte sich jemals erlaubt, vor einer Frau wie der, die für ihn alles im Leben war, eine solche Beleidigung und noch viel mehr zu verbreiten.

Unerschrocken vorrückend, antwortete er:

"Schießen! Schießen Sie jetzt und töten Sie mich feige, wenn Sie das meinen, oder lassen Sie mich mit Ihren eigenen Waffen kämpfen! Ich habe den Revolver im Schuppen.

Laurence, der kein Feigling war, auch wenn er ein Dummkopf war, öffnete seinen Gürtel, warf ihn in eine Ecke und sagte:

"Ich bin kein Mörder." Ich bin edler als du, denn ich ärgere keine Frau und kämpfe gegen Männer von Angesicht zu Angesicht. Du hast mich neulich heimtückisch in den Teich geworfen. Mal sehen, ob er mich jetzt ohne Vorteile wie damals schlagen kann.

Bud sah, wie sich der Himmel mit dieser Gabe öffnete. Er hasste Laurence, aber er hatte keine andere Wahl, als seine Ehrlichkeit zu bewundern und machte sich daran, ihn edel zu bekämpfen.

„Danke", sagte er. Sonst hätte ich ihn getötet. Daraus werde ich mich mit einer harten Strafe begnügen. Sie standen beide Wache und musterten sich gegenseitig, bereit, hart und bis zum letzten Limit zu kämpfen. Sie starrten die Frau an, die alles in ihrem Leben war, und obwohl sie nicht wussten, wer die Entscheidung treffen würde, waren sie bereit, alles zu tun, um das Gleichgewicht zu ihren Gunsten zu ändern.

Laurence war größer und schwerer als Bud, aber Bud besaß enorme Beweglichkeit, hochkultivierte Zähigkeit und eine Wut, die die seines Feindes übertraf.

Es war Laurence, der wütendste und nervöseste, der den Angriff initiierte, und Bud erkannte bald, dass er kein verachtenswerter Feind war. Er kannte viele Boxregeln und es war keine leichte Aufgabe, ihn zu überraschen.

Aber er hatte auch viele Dinge von Fred gelernt, der ihm um den Preis von sehr harten Schlägen gezwungen war, ihm Tricks und Regeln beizubringen, die er nicht vergessen konnte, und so drehte er sich schnell um, um dem harten Angriff seines Rivalen auszuweichen ihn zu ermüden und die Härte seiner Schläge mit Ermüdung zu brechen.

Laurence war der Erste, der die Härte seiner Faust spürte. Mit einem Blick streifte er Buds Stirn, die glaubte, von einem Felsbrocken getroffen worden zu sein, konnte aber dem vollen Schwung ausweichen und mit dieser halben Liebkosung entkommen.

Bald konnte er erkennen, dass Laurence aus der Ferne ein schrecklicher Gegner war, dessen Wachsamkeit nur schwer zu brechen war. Immer mit den Armen auf Gesichtshöhe bedeckte er sein Kinn und streckte von Zeit zu Zeit wie eine Feder seinen rechten Arm, um das Gesicht seines Feindes zu suchen, der Schläge mit einem harten Taillenspiel oder mit einer Katze vermeiden musste springt, ohne seinen Gegner berühren zu können.

Dies machte ihn wütend. Er erinnerte sich an Freds Taktik und erinnerte sich daran, dass er ihn nur mit kurzem Kampf und dem Eindringen in das Gebiet seines Feindes brechen konnte.

Er setzte sich einem harten Schlag aus, sprang auf und traf Laurence in die Wache und traf ihn in die Leber.

Obwohl er fliehen wollte, gelang es dem Rancher nicht, denn Bud klebte an ihm wie eine Napfschnecke zu Stein, und dann war er gezwungen, den Kampf auf dem Boden anzunehmen, der angeboten wurde, auf der Suche nach einem Weg, seinen Gegner zu vernichten.

Aber er hatte der Leber und dem Herzen harte Schläge zugefügt, die Laurences Kraft brachen, und jetzt war der Kampf ausgeglichen, denn der Rancher, der die Schläge ankündigte, keuchte nach einem langen Lauf wie ein Stier.

Als sie sich trennten, hatte Bud ein blaues Auge von einem kurzen Haken, der auf ihn geworfen wurde, aber Laurence krümmte sich vor Schmerzen und bedeckte sich mit Mühe.

Heiß und geblendet von den Schlägen, die sie erhielten, stürzten sie sich in den höchsten Wunsch, sich schnell zu eliminieren, und jetzt achteten sie nur darauf, letzte Schläge zu versetzen, anstatt sich davor zu schützen, sie zu erhalten.

Bud blutete aus einem Ohr und hatte ein blaues Auge; Laurence hatte eine gespaltene Augenbraue und geschwollene Lippen, aber keiner gab auf und die beiden verdoppelten ihre Bemühungen, um das Ende des Kampfes zu erreichen.

Laurence, der sich ohnmächtig fühlte, suchte den Gnadenstoß am Kinn seines Feindes und streckte den Arm vernichtend aus, um sein Gesicht zu suchen; Aber Bud konnte rechtzeitig ausweichen und der Arm des Ranchers schwebte über seine Schulter, zwang ihn, sich nach vorne zu lehnen, fast an Buds Brust gelehnt. Mit der linken Hand wies er ihn zurück, mit der rechten zerschmetterte er ihm das Gesicht und warf ihn wie von einem Sturm getrieben nach hinten.

Wie eine leblose Masse fiel es nach hinten und krachte kopfüber in die harten Steine der Terrasse, und da lag es ohne Lebenszeichen.

Keuchend richtete sich Bud auf und nachdem er sich mit der Hand übers Gesicht gestrichen hatte, um das Blut, das ihn blendete, wegzuwischen, versuchte er zu lächeln und richtete seinen Blick auf die Veranda, auf die Nancy sich zurückgezogen hatte, sprachlos vor Aufregung von dem schrecklichen Kampf, den sie gerade ausgefochten hatte . Zeuge; aber als er ihr ein freundliches Lächeln entgegenbringen wollte, war das Lächeln auf seinen Lippen erstarrt.

Auf der Verandatreppe stand Big, die Arme verschränkt und kalt und befehlend, der langsam die Leiter hinabstieg, sich Bud näherte und eisig sagte:

"Das ist unerträglich, Mr. Raines." Ich habe Sie neulich gewarnt, dass ich in meinem eigenen Haus nicht bereit wäre, meine Gäste so behandeln zu lassen, und Sie haben es gewagt, die Aktion noch einmal zu wiederholen. Was müssen Sie zu Ihren Gunsten argumentieren?

Bud warf Nancy, die wie eine Eisstatue an der Wand gelehnt stand, einen gequälten Blick zu und senkte unterwürfig den Blick:

"Nichts, Mr. Big." Sie haben Recht und meine Pflicht ist es, sich an Ihre Entscheidungen zu halten. Die Gründe, die er anführen könnte, sind so persönlich, dass er sie niemandem auf der Welt verraten würde.

Er drehte sich um, um zu gehen, und als er die Gitarre entdeckte, die an der Wand lehnte, nahm er sie; Er starrte es einen Moment lang an, dann knallte er es gegen die Bank und verschwand im Schuppen.

KAPITEL III

BIG BEREITET EINE FALLE VOR

Mr. Big sah erstaunt seine Tochter an, die achselzuckend und wortlos über die Veranda verschwand, und Big, fassungslos, in dieser Haltung und in diesem Duell etwas Seltsames erratend, rief die Köchin, die eilig kam .

"John. Er sagte: "Hilf mir, diesen Mann zum Becken zu bringen, um ihn abzukühlen." Dann such mir den Medizinschrank. Gemeinsam tauchten sie ihn mehr als eine halbe Stunde in das kalte Wasser, bis Laurence endlich ein Lebenszeichen zu zeigen schien.

Big befahl dann, ihn in eines der Ranchzimmer zu bringen, und nahm den Erste-Hilfe-Kasten, den John ihm präsentierte, wusch die Wunden, legte Jodkompressen auf und bandagierte ihn so gut er konnte, bis er ein wenig vorzeigbar war .

Als er nicht wusste, was er sonst für ihn tun sollte, ließ er ihn in schwerer Schläfrigkeit zurück und zog in sein Büro, wo er seine Tochter kommen ließ.

Dies, in der Annahme, dass für sie einer der entscheidendsten Momente ihres Lebens gekommen war, kam mit zusammengebissenen Zähnen und zerstreuten Augen. Sein Gedanke war viel weiter weg als sein Körper von diesem engen Gehege.

Big, der seine Tochter verehrte und für sie zu den größten Opfern fähig gewesen wäre, deutete auf einen Stuhl vor ihm und fragte dann:

"Lass uns sehen, Nancy, du, die du Zeugin des Kampfes warst, sag mir, was du gehorcht hast."

Nach kurzem Zögern antwortete sie mit fester Stimme:

„Papa: Ein Mann hat dir gesagt, dass seine Gründe so persönlich waren, dass er sie niemandem auf der Welt verraten würde. Warum sollte ich derjenige sein, der diese Gefühle verrät?

"Ich interessiere mich nicht für diese prahlerische Art." Die Leute kämpfen nicht um das Vergnügen, vor einer Frau zu kämpfen, besonders wenn diese Frau eine sehr enge Freundschaft mit einer der Kandidaten hat.

"Natürlich nicht; aber das sind seine Sachen. Wenn Laurence anders denkt, soll er derjenige sein, der es Ihnen sagt.

„Sie lehnen ab? Vertraust du mir nicht genug, um es mir zu sagen?

"Ja; aber es geht um zwei männer. Lassen Sie sie sprechen, wenn sie es für sachdienlich halten. Ich für meinen Teil stimme der Haltung Ihres Vorarbeiters zu.

Er näherte sich dem Mädchen, legte ihr die Hand auf die Schulter und fragte liebevoll:

„War es wegen dir?

„Möchtest du es nicht?

"Ich weiß es nicht. Ich denke schon, denn keiner von ihnen hat mich einfach satt.

"Sagst du nicht, dass Bud ein großartiger Mann ist?"

"Als Vorarbeiter ja." Wie etwas anderes, nein. Er hat keinen Dollar, er ist ein so impulsiver und streitsüchtiger Mann, dass er Sie wie Vieh oder wie Männer behandeln könnte, die nicht nett zu ihm sind; Und was Laurence angeht, er ist kein schlechtes Spiel, er hat einen guten Typ, er ist relativ reich, aber er ist ein Narr und ich glaube nicht, dass er viel in seinem Kopf zu verbergen hat.

„Ich frage mich, ob dasselbe in seinem Herzen passiert", antwortete sie mit einer Unbestimmtheit, deren Bedeutung Big nicht entziffern konnte.

„Versteckst du hartnäckig, was vor mir passiert ist?

"Ich habe dir schon gesagt, dass es ihnen gehört." Wenn Laurence der Meinung ist, er sollte es Ihnen verraten, lassen Sie es ihn tun.

"Gut. Das bedeutet nicht, dass ich vermute, dass Sie die Ursache des Kampfes waren.

"Vermute, was du willst, Dad." Aber solange Sie es nicht genau wissen, läuten Sie nicht die Glocken.

Und als er sich umdrehte, verließ er das Büro und ließ seinen Vater in ein Meer der Verwirrung stürzen.

Am nächsten Morgen, als Laurence in der Lage war, die Realität zu erkennen, kam der Rancher auf die Ranch, um sich nach seinem Zustand zu erkundigen, und Laurence fluchte wie ein Cowboy und rief:

"Vielen Dank für Ihr Interesse, Sir, aber ich vermute, dass Sie nicht sehr gut darüber nachgedacht haben, dass ich mich wieder von diesem verdammten Vorarbeiter verprügeln lasse, der Teufel verwechselt es." Er hat stählerne Fäuste und er hat mich sorglos zu Fall gebracht. Jedenfalls tröste ich mich, weil ich weiß, dass ich ihm auch seines gegeben habe.

"Es war so, Liebes, aber … willst du mir sagen, worum es bei dem Kampf ging?"

Laurence starrte ihn einen Moment erstaunt an und antwortete dann:

„Hast du ihn gefragt?

"Ja, aber Sie haben sich geweigert, es mir zu sagen."

Laurence sagte ungestüm, ohne seine Worte zu messen:

„Natürlich würde er sich weigern! Was er tat, wurde nicht von ehrlichen Männern gemacht und deshalb behielt er es für sich; aber ich habe kein problem es ihm zu sagen. Ich erwischte ihn dabei, wie er Miss Nancy küsste, und fühlte mich gezwungen, ihr zu Hilfe zu kommen.

Big erstarrte bei der Aussage des Ranchers. Wenn ja, warum war Nancy nicht so empört gewesen wie er, und warum hatte sie es ihm nicht offenbart, indem sie empört verlangte, ihn sofort von der Ranch zu werfen?

Big hat eine Menge Dinge in einem Moment erraten. Er verstand die würdevolle Haltung von Bud, die die Verantwortung für den Kampf übernahm, ohne die Ursachen zu entdecken, um Nancy nicht in Frage zu stellen; Er vermutete, dass sie die liebevolle Behandlung, die sie von ihm erfahren hatte, nicht sehr beleidigt war, und fühlte eine gewisse Abneigung gegen Laurence, da er wusste, dass er so eitel war, dass er nicht die Möglichkeit einräumte, dass ein anderer Mann mehr Einfluss auf seine Tochter haben könnte als er und in verächtlichem Ton frage ich:

„Haben Sie angehalten, um sich zu erkundigen, ob meine Tochter Ihre Beteiligung an ihren persönlichen Angelegenheiten mochte?

Laurence, wie in einer unverständlichen Sprache gesprochen, sah den Rancher mit großen Augen an und rief:

"Aber Mr. Big... können Sie Ihre Tochter annehmen...?"

"Ich vermute nichts." Ich werde mich darauf beschränken, Sie zu fragen, ob Sie von ihr die Genehmigung zur Verteidigung Ihrer Gerichtsbarkeit erhalten haben.

"Natürlich nicht! Ich bin ehrlich gesagt davon ausgegangen...

"Ich denke, Sie haben einen bedauerlichen Fehler gemacht, Mr. Raft, und Sie haben die Sache noch verschlimmert, indem Sie den Ursprung des Kampfes enthüllt haben." Weder Bud wollte es mir sagen, noch meine Tochter. Wenn dir das nichts sagt...

Laurence, trostlos, erhob sich mühsam von seinem Bett und rief:

"Oh Gott! ... Ist es möglich dass ...?

"Nichts ist möglich und alles ist möglich." Ich denke, Sie sind sehr gebrochen von diesen Schlägen, die hätten vermieden werden können, wenn Sie sich nicht in eine Angelegenheit eingelassen hätten, für die Sie niemand autorisiert hatte, und ich denke, das Beste ist, dass Sie sich in Ruhe um sich selbst kümmern. Ich werde anordnen, dass der Gig angeschlossen wird, um ihn auf seine Ranch zu bringen, und ich hoffe, die Sache ist nichts Ernstes.

Laurence wollte gerade antworten, aber die Emotion war so groß, dass er schwer atmend auf das Kissen zurückfiel.

Big verließ den Raum, ging in sein Büro und rief seine Tochter an. Dieser, fasziniert, reagierte auf den Anruf. Groß, ruhig wirkend, sagte:

"Ich bin gerade gekommen, um Laurence zu sehen." Es geht ihm jetzt besser und er kann auf seine Ranch versetzt werden.

"Ich bin froh. Ich denke, dass schlechte Zeiten vermieden werden könnten.

„Das habe ich dir auch gesagt", sagte der Rancher schlicht.

Nancy sah ihn einen Moment lang intensiv an, dann senkte sie den Blick, ein wenig rot, wagte kein Wort zu sagen.

Groß, aufgeregt, kam auf sie zu und fragte:

„Was hast du mir jetzt zu sagen?

"Nichts als eine Sache." Dass er in seinem Kopf so wenig zu verbergen hat wie in seinem Herzen.

"Sind wir uns einig; aber das hindert die Situation nicht daran, etwas mehrdeutig zu sein. Jetzt gibt es nichts zu verbergen, Nancy, und deshalb haben Sie das Wort.

"Danke Vater; aber ich weiß echt nicht was ich dir sagen soll...

"Ich glaube nicht, dass es viel ist." Er hat dich geküsst...

„Ich bestreite es nicht...

„Was hast du getan, um es zu stoppen?

"Nichts. Ich hatte keine Zeit.

"später?

"Ich hatte keine Zeit, darüber nachzudenken." Laurence griff so plötzlich ein, dass ich nicht denken konnte.

„Gut, aber jetzt...

"Ich denke, es ist zu spät." Meinst du nicht?

"Ich denke, derjenige, der es nicht mag, bist du." Liebst du ihn wirklich?

"Du stellst mir eine schwierige Frage, Dad." Er ist ein Mann, den ich immer mochte. Er hat sich edel und höflich verhalten, er hat mich mit Eleganz und Vornehmheit behandelt, er hat sich in vielen Augenblicken bemüht, mir das Leben angenehm zu machen, und ich habe ihm nichts vorzuwerfen.

"Lass die Sache los, meine Tochter." Der Moment...

"Nun, der Moment ist sehr verwirrend." Es spricht etwas für ihn: Er war Gentleman und diskreter als Laurence. Er wird sich von der Ranch entlassen lassen, ohne etwas zu seinen Gunsten zu behaupten. Nicht einmal, dass ich die unfreiwillige Ursache seines Exzesses war. Er sang seine Melancholie zum Takt der Gitarre und ich ging wie die Wachtel auf den Anspruch. Wir chatten. Er deutete auf eine unmögliche Liebe hin, vielleicht würde ich ihm für seine Taten Halt geben. Der Schaden ist bereits angerichtet.

"Noch nicht. Es bleiben zwei Lösungen. Entweder du magst ihn, und die Sache ist formalisiert, oder ich muss ihn sofort feuern.

„Ist der Grund so schwerwiegend, dass Sie sich eines so nützlichen Elements berauben?

„Der Grund, nein, da Sie sich nicht beschweren; was als nächstes passieren kann, ja.

"Was kann passieren?

"Lass ihn die Aktion wiederholen." Ich würde es stattdessen tun. Ein Kuss hat nur zwei Lösungen: entweder eine Ohrfeige oder ein weiterer Kuss. Abgesehen davon habe ich das Gefühl, dass die Sache mit Laurence nicht so bleiben wird. Floß ist hart und wenn er weiß, dass er besiegt ist, wird er versuchen, den Affront geltend zu machen. Heute war es mit Fäusten, aber morgen könnte es mit Schüssen sein, und wenn es mit Schüssen ist ... werde ich die Myrtenkrone vorbereiten, die das Grab von Floß schmückt.

Nancy erbleichte bei der Aussage ihres Vaters und fragte ganz aufgeregt:

„Welche Lösung findest du, Papa?

"Mehrere; aber es hängt alles davon ab, was Sie entscheiden.

„Wenn ich mich nicht entscheiden kann! Ich war davon überrascht. Ich weiß nicht, ob Bud wirklich in mich verknallt ist!

„Was musst du wissen, um dich an den Haaren zu fassen und dich zum Hirten zu zerren?

"Nicht so sehr, Papa." Andererseits muss ich den Fall studieren. Ich mag es, ich gestehe es; aber ... Sie sagen, er sei arm, er sei gewalttätig, Sie befürchten, dass er mich ... wie ein vulgärer Cowboy behandelt. Es gibt viele Nachteile Ihrerseits.

"Zur Hölle mit dem, was ich denken könnte, Liebes!" Du entscheidest über dein Glück. Denken Sie darüber nach und Ihre Auflösung hängt von zwei Lösungen ab, die ich habe.

"Sag mir."

„Wenn Sie ihn nicht mögen, feuern Sie ihn, und wenn Sie ihn mögen ...

"Die Tatsache, dass?

"Hört mir zu. Ich habe gerade schlechte Nachrichten erhalten, die im Grunde gut für Sie sind. Dein Onkel Ben ist tot.

"   Armer Onkel Ben! rief Nancy, aufrichtig geschmerzt. Er war sehr gut zu mir, aber er hatte ein schreckliches Temperament.

"Ja, er ist an einem Wutanfall gestorben, sagt mir der Sheriff von Whitebilis." Er hat es nicht verdaut, dass die Viehdiebe ein gutes Stück Vieh "verbeult" haben, dazwischen das Rheuma, das ihm nicht erlaubte, sich mit der gewohnten Erleichterung zu bewegen, und die harte und unhandliche Ausrüstung, die er auf der Ranch hat, haben sie zu seinem Tod beigetragen. Ihr Onkel hat geglaubt, Ihnen einen Gefallen zu tun, indem er Sie als Erben dieses Viehs hinterlässt, der die Hölle aufrichtet und Sie zum universellen Erben seines Vermögens ernennt; Aber so wie die Ranch gut ist und davon profitiert werden könnte, ist sie ein Hornissennest, das weder Sie noch irgendeine Frau noch viele Männer regieren können. Es braucht einen außergewöhnlichen Kerl, der mit dem "Colt" in der Hand schläft und das Team um seine Taille legt und die Viehdiebe tötet, die in den Wilson Mountains Zuflucht suchen.

„Und dieser Typ ist ...

"Bud Raines."

"Was meinst du damit?

"Wenn du ihn wirklich magst, können wir ihn auf die Probe stellen." Sie haben keinen Dollar; Aber wenn er die Ranch von Unerwünschten säubert und zum Gedeihen bringt, hat er sich eine Frau wie Sie und das Recht auf Wohlstand verdient, der allein seinen Bemühungen zu verdanken ist. Das ist meine andere Lösung. Denken Sie darüber nach und entscheiden Sie.

Nancy stand auf, bereit zu gehen.

"Lass mich es studieren, Dad." Das ist sehr ernst.

"Viel, aber komm nicht zu spät." Bei diesem wilden Hengst und allem, was ihn später ermutigt, muss ich eine Entscheidung treffen.

Nancy, als sie an der Tür ankam, drehte sich um und sagte lächelnd:

"Okay, aber während ich es studiere ... ich denke, du solltest es ihm vorschlagen und sehen, ob er annimmt."

Und er floh wie ein Reh, während sein Vater seltsam lächelte.

Bud verbrachte eine der schrecklichsten Nächte seines Lebens damit, über seine Situation nachzudenken.

Er hatte keine Angst davor, von der Ranch gefeuert zu werden, er vermutete, dass dies die einzige praktikable Maßnahme war, die Big nach dem Vergehen, das er seiner Tochter zugefügt hatte, mitnehmen konnte; aber der Gedanke, daß er in seinen Impulsen zu weit gegangen war und jetzt alle Möglichkeiten verloren hatte, ihre Liebe edel zu besiegen, verursachte ihm die größte Angst.

Manchmal verspürte er, von Scham gequält, den Drang aufzustehen, sein Pferd zu nehmen und zu fliehen, aber eine mysteriöse Kraft nagelte ihn auf die Matte und hinderte ihn daran. Der Sonntag war für ihn nicht angenehmer. Er war überrascht, dass er noch keine Aufforderung vom Rancher erhalten hatte, vor ihm zu erscheinen und seine Liquidation vorzunehmen, aber in Anbetracht des Falles sagte man, dass er vielleicht die Ursachen des Kampfes nicht kenne und wenn Nancy aus Erröten sie versteckt hatte, würde er seinen Streit mit Laurence nicht so ernst beurteilen und überlegte ruhig, welche Haltung er einnehmen sollte. Der Nachteil war, dass der boshafte Rancher sich meldete und Big einen Hintergrund zum Grund des Kampfes gab. Wenn dies geschah und es nur durch seinen Mund bekannt wurde, was dem Mädchen die vermeintliche Mißbilligung verursachte, versprach er, den Scharlatan dort zu erschießen, wo er ihn fand,

Als die Nacht zum Sonntag kam, kam das Team zurück und mit ihm Fred, der in die Stadt gegangen war, um eine Weile Spaß zu haben.

Fred ging sehr fröhlich in den Schuppen, in dem Bud isoliert schlief, und lehnte sich an den Türpfosten.

„Was ist los, alter Fuchs? Wie geht es dir mit deinen Anfällen von Melancholie?

Bud schnaubte ihn an und sprang mit geballten Fäusten vorwärts und brüllte:

„Geh mir aus den Augen, Fred! Heb ab, wenn du nicht willst, dass ich diese Geierschnauzen in die Luft sprenge.

„Das müsste man sehen! antwortete Fred fröhlich. Sie sind nicht in der Lage, eine Faust in den Rüssel eines Elefanten zu legen.

Ein wütender Bud stürzte sich mit einem direkten Schuss auf ihn, aber Fred wich scharf aus und seine Faust schlug gegen den Türpfosten.

Der wütende Vorarbeiter brüllte wie ein verwundeter Stier, aber als er sich umdrehte und im Laternenlicht stand, das schwach den Schuppen erhellte, sah Fred die Spuren des Kampfes auf seinem Gesicht.

„Bei den Hörnern einer Kuh, Bud! Wer zum Teufel hat dir diese Karte ins Gesicht gezeichnet?

„Wer wird nicht lange in der Lage sein, damit zu prahlen! schnappte Bud mürrisch.

Der Bauer näherte sich Bud und ließ seine breite Hand auf die Schulter des jungen Mannes fallen und rief aus:

"Es tut mir leid, Bud, ich wusste nicht, dass du Streit hattest." Wer war der glückliche Sterbliche? Erzähl es mir nicht. Ich weiß es schon.

"Weil?

"Weil es nur Laurence gewesen sein kann."

„Auf was stützen Sie sich dabei?

"Damit ist er der einzige, der einen Schatten auf dein Herz wirft."

Bud packte das Kopfteil und warf es gegen seinen Kopf, aber Fred fing es mitten in der Luft auf und gab es zurück und traf ihn am Kopf.

"Seien Sie kein nuttiges Maultier, Bud;" auch dafür bist du nicht gut. Willst du aufhören, den Arsch zu spielen und mir erzählen, was passiert ist?

"Nichts, was irgendjemanden außer mir interessieren könnte." Ich sage Ihnen nur eines: Ich verlasse diese Ranch morgen.

Fred pfiff auf eigentümliche Weise und fragte:

„Gehst du weg oder schmeißen sie dich raus?

"Für den Fall ist es das gleiche." Ich gehe und das war's.

„Hast du dir überlegt, wo?

„Zur Hölle! Der junge Mann schrie verzweifelt.

"Nun, dafür könnten Sie hier weitermachen." Schließlich hoffe ich, dass es uns in der Hölle nicht so schlecht geht.

Bud wurde wütend.

"Was sagst du? Er brüllte.

"Dass es uns dort nicht so schlecht geht." Ich habe keine Lust mehr auf Bohnen, Grünkohl, geräucherten Speck und all die anderen Zutaten. Hoffe, die Höllengerichte haben mehr Soße.

Bud, aufgeregt von Freds Haltung, näherte sich ihm und sagte:

"Nicht. Du wirst nicht gehen. Nichts geht gegen dich. Du hast deinen Vater hier und du musst...

"Scheiß auf deinen Rat, Bud!" Glaubst du, ich kann dich für die Welt allein lassen? Wozu, damit der Erste, der dir in den Weg kommt, dich umhauen wird? Nein, mein

Sohn, du bist dazu verdammt, einen Babysitter hinter dir zu tragen, und dieser Babysitter muss ich sein.

Bud, müde von Freds Ironien, sagte:

"Sei nicht hartnäckig, Fred, ich werde es nicht zugeben." Meine Angelegenheiten müssen niemandes Leben stören. Ich werde alleine gehen und wenn sie mich verprügeln, trösten Sie sich; Sie haben es so oft getan, dass ein weiteres nicht mehr von Bedeutung ist.

"Natürlich ist es wichtig, Sohn." Dass ich dich geschlagen habe ist in Ordnung, aber dass andere mir diesen Ruhm stehlen, nein. Holen Sie sich das über den Kopf.

Bud brüllte, trat, drohte, aber ohne Erfolg. Fred blieb standhaft und als er es satt hatte, ihn zu hören, ging er zur Tür und rief:

„Auf Wiedersehen, Kalb! Muge so viel du willst, du wirst müde. Ich hoffe, dass Sie, wenn morgen der Morgen kommt, sprachlos geblieben sind und es einfacher ist, mit Ihnen zu streiten.

Und als er die Tür zuknallte, verschwand er.

Ungefähr um acht Uhr morgens, als Bud seit zwei Stunden wach war und seine Reisetasche bereit für den Marsch war, tauchte Fred im Schuppen auf. Sie hatte sich für den Urlaub angezogen und trug das Kleiderbündel unter dem Arm.

„Jederzeit, alter Fuchs", sagte er. Meine Fußsohlen stechen vom Unkraut auf dieser verdammten Ranch.

Bud wollte gerade heftig erwidern, als der Bauer, der als Koch diente, im Schuppen auftauchte und sagte:

"Bud, der Boss ruft dich in sein Büro."

Bud zögerte einen Moment, aber als er zu einem Entschluss kam, warnte er Fred:

"Warte ein bisschen, ich komme gleich runter." Ich denke, es ist besser, sich der Situation zu stellen.

Fred zwinkerte ausdrucksvoll und warnte:

"Und keine Fäuste, Süße."

KAPITEL IV

BUD AKZEPTIERT EINEN VORSCHLAG

Beharrlich betrat Bud das Büro des Ranchers. Dieser hinter seinem Schreibtisch hatte einen großen Stapel Papiere auf der Tafel ausgebreitet, und obwohl er mit gesenktem Kopf blieb, untersuchte er Buds Gesicht und studierte seine Reaktionen.

Schließlich hob sie den Kopf und sah ihn ernst an und rief:

"Mr. Raines, am Samstag waren Ihnen die Gründe für Ihren Streit mit Mr. Raft nicht bekannt, aber letzte Nacht, kommen Sie darüber hinweg und ..."

"Entschuldigung, Herr Big." Ich denke, ich kann Ihnen alle Erklärungen ersparen, besonders wenn es um meine Entlassung geht. Ich hatte seine Idee vorweggenommen und wartete nur darauf, sie ihm mitteilen zu können und mich auf seine Befehle zu stellen, wenn er im privaten Bereich etwas von mir verlangen sollte.

"Ich hoffe, das bedeutet nicht, dass er bereit ist, ihm die Chance zu geben, mich zu erschießen." Ich bin nicht mehr derjenige, der einmal mit einer Waffe hantiert hat.

Bud errötete und sagte schnell:

"Ich glaube, Sie beurteilen mich sehr schlecht, obwohl Sie bestimmte Gründe dafür haben." Davon habe ich nie geträumt und bin nur bereit, mich gegen eine Wand schießen zu lassen, wenn du meinst, dass es dein Selbstwertgefühl befriedigen kann.

„Und was zum Teufel würde ich bekommen, wenn ich dich wie einen kleinen Jungen erschieße? Können Sie nur kritische Situationen retten?

"Ich gestehe, dass ich es tue." Vielleicht liegt das an meiner gewalttätigen Natur.

"Aber zum Glück haben wir alle kein Pulverfass wie Sie in unseren Adern." Bitte setzen Sie sich und hören Sie mir gut zu. Willst du mir sagen, warum du das getan hast?

"""Die Tatsache, dass? Laurence abstauben?

"Nicht. Das weiß ich schon. Ich meine ... das andere ...

Bud errötete und antwortete knapp:

„Muss ich gewalttätig sein, um es ihm zu sagen?

"Du musst es mir nur sagen." Oder denkst du, ich habe meine Tochter erzogen, um eine Ablenkung für den ersten zu sein, der sie trifft?

Bud sprang ungestüm vom Sitz und sagte:

"Ich erlaube ihr nicht, das zu sagen, weder für sie noch für mich." Es stimmt, ich konnte mich nicht beherrschen und küsste sie. Ich dachte nicht darüber nach, ob sie es möchte oder nicht, aber ich kann ihr sagen, dass ich es getan habe, dominiert von einer tiefen Leidenschaft, die ich ihr gegenüber empfinde.

"Aus welchen Gründen?

„Ich ignoriere es. Es war eine Frage der Umwelt. Die Nacht war so poetisch ... sie war so schön und ich war so melancholisch ... ich hatte, ohne es zu merken, für sie gesungen. Sie hörte ihn und ging auf die Terrasse hinunter, um mit uns über Lieben zu sprechen, Lieben, die so unmöglich sind wie das Greifen nach den Sternen. Sie sang auch ein Couplet zum Klang meiner Gitarre; es war ein Lied voller Ermutigung und Hoffnung. Ich dachte ... na ja; Ich habe dummerweise geglaubt, dass ich es wagen könnte, und ich habe es gewagt. Ich will ihr keine Vorwürfe machen, verstehe mich gut, aber es gab mir eine Grundlage für den Fall. Du weißt schon alles.

Big hörte ihm zu, etwas bewegt von dem Akzent der Leidenschaft und Aufrichtigkeit, den der Junge in seine Geschichte legte, und als er fertig war, sagte er mit unsicherer Stimme:

„Hast du aufgehört, darüber nachzudenken, ob du deiner Liebe würdig sein kannst?

Die Frage überraschte Bud so sehr, dass er lange brauchte, um sie zu beantworten. Schließlich erklärte er:

"Ich weiß nicht. Ich glaube ehrlich gesagt nicht. Ich bin ärmer als eine Ratte.

"Lass uns das Geld beiseite legen." Es gibt Dinge, die haben keinen Marktwert und man ist Liebe. Ich meine deine persönliche Kleidung.

"Nun, auf diesem Gebiet gibt es meiner Meinung nach nichts, was mir entgegensteht."

"Nicht? Und dieser streitsüchtige und dominante Charakter, den Sie besitzen? Und diese schroffen und autoritären Manieren? Und diese Geschichte eines Mannes, der mit dem "Colt" in der Hand geboren wurde und mit ihm zwischen den Fingern ins Grab gehen muss? Ist das eine Tugend?

„Vielleicht ist es das nicht, aber in dieser Region, in der der Colt die Grundlage des Lebens ist ...

„Es wird sein, mit Männern zu kämpfen, aber nicht mit einer sensiblen und zarten Frau im Haus herumzulaufen. Ich fürchte, Sie sind unter diesen Bedingungen nicht der richtige Mann für meine Tochter.

"Ich hatte kein richtiges Zuhause und niemand kann vorhersagen, wie ich mich darin verhalten soll."

"Du wirst mir sagen, dass dort der Mann sein wird, der sich von seiner Frau schlagen lässt, nicht wahr?"

"Nicht so sehr, aber ich kann der liebevolle, zärtliche und glückselige Mann sein, von dem sie träumen kann."

"Ich würde es gerne sehen."

„Mach den Test selbst! Bud wagte es unbewusst zu sagen.

„Es gibt Tests, die haben später keine Lösung, wenn sie scheitern. Haben Sie darüber nachgedacht? Sie könnten es tun, aber die Vorbedingungen würden Ihnen zu hart erscheinen.

Als Bud das hörte, das Unerwarteteste, das er hören konnte, stand er ungestüm wieder auf und rief:

"Was sagst du?

"Ich scheine klar gesprochen zu haben, Mr. Raines."

Dieser hier, rot wie eine Mohnblume, antwortete:

"Gut. Unterziehen Sie mich dem Test von Luft und Feuer, und ich werde wissen, wie ich auf sie in Pik reagieren muss. Ich kann nicht mehr sagen.

Big lächelte und zwang ihn, sich aufzusetzen, sagte:

"Hör mir gut zu, Bud." Du bist ein Junge mit sehr guten Eigenschaften, aber du hast einige widerliche Eigenschaften, die dich nicht weit bringen, wenn du sie nicht korrigierst. Ich kann Ihnen nichts Unmittelbares versprechen, aber ich kann Ihnen etwas für die Zukunft versprechen, das Sie kürzen müssen.

"Meine Tochter war nicht sehr empört über dich über das, was getan wurde, aber sie hat auch nicht angefangen vor Freude zu hüpfen. Sie ist nett, sie behält freundliche Erinnerungen an dich, die sie mit Vergnügen ansehen lassen, aber sie fürchtet sich wie ich , das ist eine Maske oder ein Ausbruch ohne Konsequenz. Andererseits bist du arm und du bist, weil du es sein wolltest. Das Leben verlangt heute eine gewisse Gleichheit, die du nicht hast, die du aber haben kannst, wenn du willst . Dinge: einen Anteil an Vermögen aufzubringen, der ihr gleichkommt, und ihre Liebe zu Ende zu gewinnen, wenn es wahr ist, dass Sie sich in meine Tochter verliebt fühlen.

„Was tun Sie, wenn Sie mir diese Bedingungen nicht mitteilen? rief Bud verzweifelt.

"Beruhige dich und lass dein inneres Biest nicht auftauchen, denn das ist das erste, das du zähmen musst." Ich werde sie Ihnen erklären, aber ich habe Sie bereits gewarnt, dass sie hart sein werden. Meine Tochter hat gerade eine Ranch geerbt, falls ihr etwas fehlt, um sich noch mehr von Ihnen zu distanzieren. Es wurde ihm von seinem Onkel Ben, dem Bruder seiner Mutter, hinterlassen, aber diese Ranch ist ungefähr so, als hätte er eine Kobra geerbt und musste sie an seinen Brüsten füttern. Wenn es etwas Dämonisches auf dieser Welt gibt, dann ist es die Ranch von Ben Hays in Whitebills, in der Nähe der Wilson Mountains ..., kennen Sie Glücksspiel?

"Etwas. Es ist kein sehr empfehlenswerter Teil der Region.

"Nein ist es nicht. Wenn man hinzufügt, dass Bens Ausrüstung rauer ist als ein wildes Pferd, dass es Viehzüchter gibt, die fast ungestraft Rinder "einbeulen" und dass dies aufgeräumt und gesäubert werden muss, werden Sie verstehen, dass das Erbe ein Geschenk Gottes ist.

"Nun, da ist der Knochen zu knacken. Wir können die Ranch ehrlich zu ihrem aktuellen Wert bewerten, und wenn Sie sich innerhalb eines Jahres verpflichten, sie zu restaurieren, haben Sie ein anständiges Team, machen Sie den Viehdieben ein Ende und verdoppeln Sie den Wert." des Viehs, all dieser Überschuss, abgesehen von dem dir zugewiesenen Gehalt, wird zu deinem Vorteil sein, um dich auf das Niveau meiner Tochter zu bringen und ihre Hand anstreben zu können. Dies ist der materielle Teil, der spirituelle Teil ist in deiner Obhut, wohlverstanden, dass Um deine Liebe zu verdienen, ich dir keinen Rat geben muss, sondern ihn selbst annehmen muss.

Bud, der den Worten des Viehzüchters lauschte wie einer, der angenehme Musik in seinem Ohr hört, stand ruhig auf und fragte:

„Wann kann ich auf die Ranch gehen?

"Ich denke, sobald du bereit bist." Ich habe alle Papiere vorbereitet, damit Sie sie im Namen meiner Tochter und einer Vollmacht von Ihnen in Besitz nehmen können, damit niemand an Ihrer Autorität zweifelt. Der Rest liegt in Ihrer Verantwortung.

Bud trat vor und fragte:

„Ist es in meiner Macht, Fred Sanders mitnehmen zu können?

"Gut. Wenn es dir im Weg steht und dir einen frühen Tod wünscht, nimm es weg; aber warne dich vorher.

"Unnötig. Fred freut sich darauf, jemanden zu finden, der ihm den Knoten aus der Nase brechen kann und ich freue mich mehr darauf als er. Wenn Sie nicht erpresst werden, fahren wir heute Nachmittag dorthin.

"Keiner. Ab diesem Moment steht es Ihnen frei, dies zu tun.

Bud war einen Moment verwirrt und fragte dann:

„Gestatten Sie mir, Ihrer Tochter dieselben Zusicherungen zu geben und sich von ihr zu verabschieden?

Big zögerte einen Moment und sagte schließlich:

„Ich würde es nicht tun. Es könnte ein enttäuschender Abschied werden. Überlassen Sie ihr die Erinnerung an die letzte Nacht und lassen Sie sie es genießen, um zu sehen, ob sie es gut verdaut. Vielleicht wird das Vorstellungsgespräch irgendwann, wenn sie von ihrer Arbeit und den Opfern erfährt, die Sie für sie und ihre Interessen bringen, mehr Spaß machen.

"Nun, ich verstehe Ihre Idee und ich bleibe dabei." Verabschiede dich von ihr und versichere ihr, dass ich alles in meiner Macht Stehende tun werde, um es in ein irdisches Paradies zu verwandeln, in dem nur Blumen auf seinem Weg blühen und in dem der Wert jedes Fußes Land etwas ist, das die Mächtigsten vor Neid erblassen lässt.

Und er schüttelte dem Rancher überschwänglich die Hand und verließ das Büro wie ein Verrückter, seine Augen voller lachender Landschaften der Liebe und des Glücks.

Als er den Schuppen erreichte, in dem Fred gelangweilt und melancholisch auf ihn wartete, gab er ihm einen schrecklichen Stoß, der ihn auf die Matte warf und rief:

„Geh mir aus den Augen, du Arschloch! ... Was machst du da stehend?

"Warte auf deine Rückkehr ... Wo waren die Ohrfeigen, die du nicht bemerkt hast?"

"Noch nirgendwo, aber sie werden kommen." Mach dich bereit, wir gehen.

„Wow ... Hast du dich schon davon überzeugt, dass du ohne Babysitter nicht um die Welt gehen kannst?

„Nein: Ich werde dich an einen Ort bringen, wo ich dein Babysitter sein muss.

„Ich würde es gerne sehen!

"Nun, Sie werden es sehen und, was noch schlimmer ist, Sie werden es spüren." Wir gehen an einen Ort, an dem Kugeln wie Hagel regnen und wo deine Fäuste nicht das verdammte Ding tun.

„Ich würde es gerne sehen! Wiederholter stoischer Fred

„Sag ich dir nicht, dass du es sehen und fühlen wirst, du kleiner Jährling?

"Nun, wo werden wir die Vorarbeiter wie Sie ohne Würze essen?"

"Zu Whitebills."

Fred pfiff durch die Zähne und grummelte:

„In diese verfluchte Ecke der Hölle, wo wir an jenem berühmten Weihnachtsabend zu Pferde ritten?

"Mit Recht.; aber mit der Besonderheit, dass wir jetzt alle werfen werden, die dort nicht willkommen sind.

„Ist Mr. Big derjenige, der Sie geschickt hat?

"Ja. Ich werde die Ranch ihres verstorbenen Schwagers Ben leiten, der sie Nancy hinterlassen hat.

„Zu Nancy! ... Aber was ist das für eine Vertrautheit, Bud? Mr. Big fehlt also der Mut, Sie zu töten, und schickt Sie, damit andere die Arbeit alleine machen? Lass mich nach oben gehen und ihm die Nase kneifen, für elend!

Bud musste heroische Anstrengungen unternehmen, um seinen Partner zurückzuhalten. Er verstand, dass dies eine verabscheuungswürdige Aufgabe war und beabsichtigte, sie im Voraus zu rächen.

Schließlich gelang es ihm, den Bauern zu überzeugen und versicherte:

"Sei still, Arsch." Was weißt du, was für einen Gefallen er mir damit tun wird?

"Gefallen? Nicht, dass er seiner Tochter als Preis die Hand geben würde!

Bud, der die Freude, die in seiner Seele überströmte, nicht kontrollieren konnte, rief aus:

„Was wäre, wenn es so wäre?

Fred schoss ihm einen Direktschuss, der ihn fast traf und murmelte:

„Ah, unanständiges Schwein! Und hast du es ruhig gehalten? Und dafür sahst du so verzweifelt und so verschlossen aus? Du verdienst es, dir für einen Schurken das Kinn abzubrechen.

"Komm schon, Fred, sei nicht boshaft." Ich schwöre, es war etwas so Großartiges wie Unvorhergesehenes, ich werde Ihnen davon erzählen.

Der Bauer kratzte sich am Kopf und fragte dann verlegen:

"Hey, wirklich, wenn du da nicht gewichst wirst, könnte das dein Preis sein?"

"Das hat mir der Chef versichert."

„Du willst mir einen Gefallen tun?

"Sag mir.

"Fragen Sie ihn, ob er es mir reicht." Auch ich beiße für Rosa, Miss Nancys Dienstmädchen, ins Halfter; aber sie...

"Nun, vielleicht kommt sein Einfluss dazu." Obwohl es mir scheint, dass Sie für seinen Charakter zu gewalttätig sein müssen. Wenn Sie ein ruhiger und vernünftiger Mann wären wie ich!

Fred warf ihm einen Kopfball zu, aber Bud wich ihm geschickt aus.

Am Nachmittag hatten sie alles fertig für die Abreise, und Bud ging zu Bigs Büro, um sich von Big zu verabschieden.

Der Rancher gab ihm seine Liquidation, alle Papiere bezüglich der Ranch, die Vollmacht, die ihn als seinen einzigen Vertreter benennt, und eine Kopie des Vertrags, den beide unterzeichnen mussten, um ihre Verpflichtung zu formalisieren.

„Du musst es jetzt nicht unterschreiben", warnte Big. Studieren Sie es und unterschreiben Sie es, wenn es Ihnen passt, und wenn es eine Klausel zu besprechen gibt …

"So dass? Weder du noch ich sind Diener. Wenn wir uns im Wesentlichen einig sind, werden wir im Sekundären nicht anderer Meinung sein.

Er schüttelte dem alten Big die Hand und ging hinunter zum Patio, wo Fred zu Pferd auf ihn wartete.

Bud stieg in seinen und trat vom Zaun. Die Sonne strömte über die geflogene Galerie der Ranch, und die Blumen in Nancys Töpfen leuchteten in Licht und Farbe.

Der Junge hob den Blick zum Geländer und suchte nach der schönen Silhouette der jungen Frau, aber er konnte sie nicht entdecken. Zweifellos hegte er Groll gegen das, was in dieser Nacht passiert war.

Melancholisch machte er sich auf den Weg ins Tal.

Fred fragte trocken:

„Hast du sie nicht gesehen, Bud?

„Wie sollte er sie sehen, wenn er nicht auftauchte? antwortete Bud traurig.

„Nein, du Arschloch. Was passiert ist, dass es auf der anderen Seite der Fassade lehnte. Ich sah sie durch das Glas schauen. Du bist ein Blinder, Bud, und ich fürchte, du wirst nie wissen, wie du sie für dich gewinnen kannst.

KAPITEL V

EIN EINGANG ZU LAUT

Buds und Freds Einzug in die Ranch "Cruz Alta" in Whitebills war nicht ganz so apotheose wie der, den Washington eines Tages in Annapolis hatte, als es siegreich von den Engländern zurückkehrte. Lowell Winant, Vorarbeiter der Ranch, kam ihnen am Zaun entgegen, und als Bud fragte, wer für die Ranch verantwortlich sei, trat er prahlerisch vor, um zu antworten:

"Ich bin der Manager, Fremder, was wurde Ihnen angeboten?"

"Ich übernehme nur die Ranch im Namen von Miss Nancy Big, von der ich schriftliche Vollmachten bringe."

Bud tat, als wollte er seine Unterlagen zeigen, aber der Vorarbeiter lehnte die Geste ab und sagte:

„Es tut mir leid, dass Sie vom Grand Canyon aus einen so mühsamen Spaziergang gemacht haben, aber hier haben Sie nichts zu tun. Ich erwarte den Besuch dieser jungen Dame, um mich mit ihr zu verstehen, und der Rest befriedigt mich nicht.

Bud stieg ruhig vom Pferd, gefolgt von Fred, und ging zu Lowell hinüber und sagte:

„Und denkst du, dass Miss Nancy einen so schlechten Geschmack hat, dass sie diesen Spaziergang macht, um dir dein „Raschelgesicht" zu sehen, das du hast?

Lowell versteifte sich bei der Beleidigung und antwortete heftig:

"Hör zu, Fremder." Sie sind ein Operetten-Cowboy, der hierher kommt und glaubt, die Erde zu verschlingen, und das passiert leicht, wenn es fünf Minuten dauert, bis er ganz verschwunden ist. Sie brauchen Männer meiner Größe, um diese Ranch zu führen, und ich gehöre nicht zu denen, die den Job an den ersten Mann abgeben, der sich meldet, um ihn zu beanspruchen.

"Das heißt, Sie geben es nur mit Gewalt auf ..."

"Du klingst wie eine Wahrsagerin."

"Naja! In diesem Fall gibt es nichts mehr zu besprechen. Fred, würden Sie diesem Herrn bitte die Dokumente zeigen, die Sie als Vorarbeiter dieser Ranch akkreditieren. Fred fragte sehr amüsiert:

„Welches Auge soll er schlucken: das linke oder das rechte?

"Da er kurzsichtig ist, denke ich wegen uns beiden."

Fred trat einen Schritt nach vorne, und Lowell, sehr eingebildet bei der Show, die er plante, seinem Team zu geben, das ihn im Voraus lachend über das Versagen der beiden Fremden umzingelte, die Beine wölbte, die Fäuste ballte und sich darauf vorbereitete, Fred zu begrüßen Würde.

Er machte ein paar seltsame Wendungen mit seinen Armen, und plötzlich, bevor Lowell Zeit hatte, es zu erkennen, wurde er in den Mund geschlagen und schlug ein halbes Dutzend Zähne aus.

Der Vorarbeiter stieß ein beeindruckendes Gebrüll aus und lehnte sich schmerzerfüllt zurück, während Fred Bud ansprach und sich mit den Worten entschuldigte:

"Tut mir leid, dass ich dir vorhin den Mund zugehalten habe." Ich ärgere mich über Hühner, die so viel gackern, bevor sie wissen, ob sie ihre Eier legen. Jetzt werde ich Ihnen meine Zeugnisse in angemessener Form "sehen".

Lowell, der Blut spuckte, erholte sich etwas, denn er war ein Mann von außergewöhnlicher Zähigkeit, und stürzte sich wie ein blinder Bulle auf Fred, aber es dauerte nicht lange, bis er den richtigen Empfang erkannte.

Freds Faust suchte wie ein Streitkolben sein rechtes Auge ab und mit einem schrecklichen Aufprall ließ er es für eine lange Saison geschlossen.

Trotz der harten Strafe gab der Vorarbeiter nicht auf. Er kannte das Ende, das ihn erwartete, und er unternahm einen letzten Versuch, dieses außergewöhnliche Wesen loszuwerden, die einzige Möglichkeit, sie von der Ranch zu vertreiben und weiterhin auf ihr zu regieren, wie es sein Vorhaben war.

Aber Fred, der sich über diesen Eigensinn ärgerte, beschloss, den Kampf zu beenden, und auf der Suche nach dem harten Kinn des Cowboys versetzte er ihm einen letzten Schlag, der ihn wie ein Bündel am Boden liegen ließ.

Dann lächelte er Bud an, dem es viel Spaß gemacht hatte, diesmal auf seine Kosten die Kraft der Fäuste seines Freundes zu bewundern, und fragte:

„Ist es klar, dass ich das gleiche mit all diesem Gesindel machen soll, einen nach dem anderen, oder reicht es als kleine Probe?

"Das werden sie sagen, Fred." Sie sind meiner Bestimmung nach der Vorarbeiter dieser Ranch, und ich werde nicht derjenige sein, der Ihnen beibringt, wie Sie mit Ihren Männern umzugehen haben. Bitten Sie sie auf jeden Fall, zu sehen, was sie denken.

"Nun, die Frage ist gestellt."

Die Bauern sahen sich mit unendlicher Wut an, bis einer, der die Gefühle seiner Gefährten zu deuten schien, vortrat und sagte:

"Wir erkennen keinen anderen Vorarbeiter als Lowell."

"Was bedeutet, dass Sie sofort hier weggehen, nicht wahr?"

"Es bedeutet nicht mehr als das, was ich gesagt habe", sagte der drohende Bauer.

Vierzehn zähe und entschlossene Männer grinsten finster, die Hände auf den Kolben ihrer 'Colts' ruhend, bereit, ihren Anspruch zu unterstützen, die Waffen in der Hand, aber bevor sie Zeit hatten, sie zu ziehen, erschienen zwei Revolver in Buds Händen mit einer Geschwindigkeit von a Maschinengewehr und zehn Hüte mit ebenso vielen Peons flogen sie durch die Luft, zerrissen von den zehn gut gezielten Kugeln.

Bud, der nicht das geringste Zittern in seiner Hand zeigte, warnte:

"Um mit mir zu sprechen, musst du dich zuerst selbst entdecken." Fred, bitte entdecke die anderen vier.

Fred, der ebenfalls seine Waffen schwingte, feuerte schnell. Drei Hüte flogen durch die Luft; aber der vierte hatte schlimmeres Glück, weil er fiel, seine Stirn von einer Kugel durchbohrt.

Es war der Bauer, der es gewagt hatte, Buds Befehlen nicht Folge zu leisten.

"Entschuldigung, Bud", sagte Fred, "ich bin außer Kontrolle geraten."

Keiner wagte es, angesichts dieser Geschicklichkeits- und Schnelligkeitsprüfung eine Hand zu bewegen. Bud hatte seine Revolver bereits nachgeladen und wartete auf die Antwort.

Die gedemütigten Peons beschränkten sich darauf, marschbereit zur Tür zu gehen.

„Okay", sagte einer. Dort bleibst du auf der Ranch, und wir werden sehen, ob du in einem Monat diese Dämpfe und die Fähigkeit zum Schießen behalten wirst.

Bud ließ sie gehen. Er hatte ein bitteres Problem, als ihm die Ausrüstung ausging, um das Vieh zu hüten; aber er hoffte, ihn mit Hilfe des Sheriffs zu versorgen, dem er gut empfohlen wurde.

Auf der Ranch blieb nichts als ein lahmer alter Knecht, den der verstorbene Ben zum Koch gemacht hatte, als er sich bei einem Rodeo das Bein brach.

Bill, der der Peon genannt wurde, bekundete dem Verstorbenen trotz seiner Eigentümlichkeiten und seines sauren Charakters große Zuneigung und hatte nie mit Lowell und seinen Männern gemeinsame Sache gemacht, die ihm auch keine große Bedeutung beimaßen.

Bud dachte, er sei allein gelassen, drehte sich zu Fred um und sagte:

"Versuchen Sie, mich fest an diesen Vogel zu binden, damit er nicht wegläuft, bevor ich merke, was er seit dem Tod des alten Mannes auf der Ranch gemacht hat, und schauen Sie sich dann ein wenig in der Küche um, um zu sehen, was Sie zu essen finden."

Fred wollte den Befehl ausführen, als ein sich grotesk sich bewegendes Bündel aus einem der Schuppen auftauchte, und Bud, der es entdeckte, trat vor und sagte:

"Wer zur Hölle bist du?

"Ich bin der Koch, Sir." Dort versteckte er sich während des Feuerwerks.

"Gut. Was machst du, das nicht jedem Weg folgt?

"Ich habe kein Interesse daran." Ich war der Koch des alten Ben und ich mochte ihn sehr. Ich bediene die Ranch, nicht Lowell.

"Was bedeutet, dass er bleibt."

"Und erfreut, dass Sie diese Lepra von der Ranch weggewischt haben." Hätten Sie noch fünfzehn Tage gebraucht, um zu kommen, hätten Sie hier nicht einmal den Geruch von Vieh gefunden.

"Sehr gut. Ich werde diesen Akt der Loyalität Ihnen gegenüber in Betracht ziehen, und Ihre anständige Haltung wird Sie nicht belasten. Sehen Sie, ob es da draußen etwas gibt, das Sie in den Mund nehmen können.

"Natürlich gibt es das." Ich bereitete das Abendessen für diese faulen Leute vor, und ich glaube nicht, dass sie kein gutes Leben führten.

Der Koch zog sich auf seinen Posten zurück, und Fred machte sich daran, Lowell fest zu fesseln und ihn dann in einen der Schuppen einzuschließen.

"Gut. Er sagte: "Der ist schon gerettet." Was zum Teufel mache ich jetzt mit diesem anderen Typen?

"Er wird begraben werden müssen, wie Gott es beabsichtigt hat." Kümmern Sie sich darum und kümmern Sie sich auch um die Eröffnung eines außerordentlichen Spesenkontos, um es am Ende des Monats an Herrn Big weiterzugeben. Es gibt Dinge, die auf Ihre Kosten gehen müssen.

„Was zum Teufel zählen Sie zu den außerordentlichen Ausgaben?

"Nun, der Wert von vierzehn Kugeln, die wir heute Nachmittag verwendet haben und was eine anständige Krone für diesen Kerl wert ist." Ich mag es, Dinge methodisch zu tun.

"Teufel! ... Es scheint mir, dass die Erträge der Ranch dann für Schießpulver ausgegeben werden.

"Das ist Ihr Konto." Ich bin gekommen, um Ihre Farm zu leiten, aber nicht, um mein Gehalt für Schießpulver und Kugeln auszugeben. Nicht vergessen.

"Gut gut; es wird wie nach dem Muster bestellt durchgeführt.

Während der Koch das Abendessen zubereitete, ging Bud auf die Ranch und machte sich daran, sie mit Fred zu untersuchen. Das Gebäude, sehr verlassen und schmutzig, sah aus wie ein Schweinestall, und alles deutete darauf hin, dass sein Besitzer, der viele Monate lang in einem Sessel festgehalten wurde, ohne sich bewegen zu können, den Schurken ausgeliefert war, die ihren Hof zu dem gemacht hatten, was sie gemacht hatten Sie wollten.

"Das ist scheiße, Fred." Ich fürchte, Sie müssen viel mit dem Besen und den Eimern arbeiten.

"Und die Hölle mit deiner Seele, Bud." Warum hast du mich hierher gebracht: als Dienstmädchen oder Vorarbeiter?

„Aber siehst du nicht, wie das ist?

"Such dir ein Dienstmädchen, das sich darum kümmert." Ach...! und sorgen Sie dafür, dass er ein etwas attraktiveres Gesicht hat als dieser schreckliche Vorarbeiter. Ich mag die Dekoration in den Zimmern.

"Für dich, um mit ihr zu schlafen, nicht wahr?"

"Mich? Kein Delirium. Ich bin ein anständiger Mann. Für mich gibt es nicht mehr Frauen auf der Welt als sieben. Einer ist Rosa und ...

"Die anderen sind schon tot, Fred." Ich heuere eine Hexe an und behalte dich für alle Fälle im Auge. Ich traue deinen Skrupel nicht viel, wenn es um Röcke geht ...

Fred verzog resigniert das Gesicht und die beiden gingen ins Büro.

Bud nahm einen kleinen Schlüssel heraus, den Big ihm gegeben hatte. Dies entsprach der Schublade von Bens Tisch, wo er seine Bücher aufbewahrte.

Bud schickte Fred, um herauszufinden, ob das Abendessen in Ordnung sei, und währenddessen durchsuchte er die Bücher.

Ben hielt die Dinge aktuell und sorgfältig. Seine Krankheit, die ihn mehr als zwei Jahre lang mit gelähmten Beinen in einem Sessel sitzen ließ, erlaubte ihm nur, sich mit den Ranchabrechnungen zu befassen, und diese waren gut geordnet.

Von ihnen erfuhr Bud, dass auf der Weide dreitausend Stiere sein müssen; zwölfhundert Kühe und das Kalb für die Saison hatte neunhundert Kälber betragen. In den Verkaufsbüchern wurden die letzten Spiele von vor sechs Monaten aufgeführt. Das letzte von fünfhundert Rindern war einem Viehhändler in Nedles, Kalifornien, zu einem Preis von 48 Dollar pro Kopf zugesprochen worden.

Das war es, was die Bücher weggeworfen haben. Jetzt musste man wissen, was die Realität nach zwei Monaten beschuldigte, die Ranch in den Händen von Lowell und seinem Team gefunden zu haben, und dies musste mit diesem Ganapán belüftet werden, bevor man ihm Bewegungsfreiheit gab.

Fred verkündete, dass das Abendessen fertig sei und als sie ins Esszimmer gingen, rauchten die Teller bereits auf dem Tisch.

Bud lud den alten Koch ein, sich neben sie zu setzen und nahm sich die Zeit, ihn über die Angelegenheiten der Ranch zu befragen. Die Einzelheiten, die Bill ihm mitteilte, sollten ihn nicht zwingen, zufrieden zu tanzen.

Seit Bens Tod waren zwei Rinderherden verkauft worden und hatten aufgrund eines kühnen Angriffs von Viehdieben einen nächtlichen Raubüberfall erlitten. Andererseits waren die Ausgaben der Ranch in den Händen des unfähigen Vorarbeiters zu hoch, und um sie zu decken, hatte er einen Teil des für den Winter eingelagerten Heus verkauft, was bei knappen natürlichen Weidereserven eine Katastrophe verursachen könnte zu schlechten Wetterbedingungen.

In Bezug auf das Team war alles, was er über ihn sagte, wenig, um ihn darzustellen. Mit der Aussage, es sei Lowells Herstellung, war alles gesagt.

Dann informierte er ihn über die allgemeine Lage. Die Region war von Viehdieben und Dieben verseucht. Die Wilson Mountains dienten den Gesetzlosen sehr gut als Zufluchtsort und die Stadt litt unter der Herrschaft dieser, die ihre wahren Herren waren.

Bud würde ein ernsthaftes Problem haben, seine Ausrüstung zu erneuern. Es gab nicht viele vertrauenswürdige Leute, auf die man sich verlassen konnte, und die wenigen, die nützlich und treu sein konnten, wagten es nicht, die Vorwürfe anzunehmen, denn der ständige Kampf mit den Dieben bedeutete für sie eine ständige Todesgefahr.

Bill bot an, mit zwei Neffen zu sprechen, die er auf einer Farm in der Grafschaft hatte. Sie waren beide Cowboys, aber sie hatten eine so gefährliche Position aufgegeben und sich in der Landwirtschaft beschäftigt, weniger exponiert, da die Unerwünschten mehr von Vieh als von Gemüse angezogen wurden.

Bud dankte ihm für das Angebot und versprach, sie für ihre Arbeit gut zu bezahlen, wenn sie gute Leistungen erbrachten. Er musste sich mit harten und loyalen Leuten umgeben, um die Gesetzlosen zu bekämpfen, und er würde damit beginnen, ein Beispiel an Mut zu geben.

Aus Angst vor einem unangenehmen Besuch nicht nur der Viehdiebe, sondern auch der Arbeiter des entlassenen Teams, die versuchen könnten, die Wehrlosigkeit des nur von Fred und Bud bewachten Viehs auszunutzen, bestiegen sie in dieser Nacht eine sehr strenge Wache; aber die Nacht verging ohne Zwischenfälle, und im Morgengrauen zogen sie sich zurück, um eine Weile auszuruhen, und ließen Bill zurück, um zuzusehen.

Mitten am Tag machte sich Bud auf den Weg. Sein Hauptanliegen war die Erneuerung des Teams. Solange er keine geeigneten Leute hatte, wurde er an Händen und Füßen gefesselt. Bevor er ging, erinnerte er sich an Lowell und befahl:

„Fred, bring diesen Vogel mit, ich möchte ein paar Worte mit ihm sprechen.

Aber zu Freds großer Überraschung war der Vogel geflohen. Als er eine Fensterscheibe im Schuppen einschlug, konnte er seine Fesseln mit dem zerbrochenen Glas ablegen und fliehen, nicht ohne einen Drohbrief für Bud zu hinterlassen, in dem er versprach, sich für die erhaltene Behandlung zu rächen.

Bud war wütend über die Entdeckung. Nun konnte er nicht sagen, wie viele Raubüberfälle auf der Ranch in den letzten zwei Monaten verübt worden waren und dies würde die Konten verwirren.

Aber da die Sache hoffnungslos war, war es am besten, sie zu vergessen, obwohl sie Lowell nicht vergessen durfte, der einer seiner unversöhnlichsten Feinde werden würde.

Nach dem Mittagessen ging er in die Stadt, um sich mit dem Sheriff zu treffen, auf dessen Befehl er sich setzen und von dem er die größtmögliche Hilfe erhalten wollte; aber sein Besuch bei der ersten Whitebills-Behörde hätte nicht enttäuschender sein können.

Der Sheriff, der bereits ein im Kampf gegen die Unerwünschten verhärteter Mann war und die Spuren davon mit drei Narben, die er an seinem Körper trug, beschuldigte, begrüßte Bud herzlich, und als er seine Mission auf der Ranch und seine Wünsche erklärt hatte, Sagte ihm:

"Hör zu, Bud, ich glaube, wer auch immer dich hierher geschickt hat, hat ihn nicht gut gefallen." Zu Bens Lebzeiten und als er seine Kräfte und Energien genoss, sah er sich selbst und wünschte sich, die Unerwünschten in Schach zu halten. Später, als er krank wurde und sich auf die Hände eines anderen verlassen musste, wurde seine Ranch zu einem Schlangennest, da Lowell, der immer faul und verschwenderisch war, seinen Mangel an Kontrolle ausnutzte, um zu tun, was er wollte. mit Hilfe seiner Männer, die einzigartig waren. Sie haben eine verdienstvolle Arbeit geleistet, diese Lepra wegzufegen; Aber denkst du, es wird dir leicht fallen, sie durch würdige Leute zu ersetzen? Die wenigen, die es gibt, werden sich nicht als "Colt"-Fleisch aussetzen wollen und die anderen werden anbieten, sich dem Team anzuschließen, um den Viehdieben zu helfen. Das Problem, das sich stellt, ist ernst.

"Gut, aber gibt es keine Möglichkeit, etwas zu tun, um die Region zu säubern?"

"Ja, aber wo sind die Leute dazu fähig?" Ich allein kann nichts tun und niemand stellt mir Leute für eine so gefährliche Arbeit zur Verfügung. Ich erzähle Ihnen mehr: Unter den mehreren prominenten Viehzüchtern, die dies befallen, befindet sich einer, Ray Garson, der kurz vor seinem Tod fünfhundert Rinder "verbeult" hat. Ray hat sich nicht gescheut, überall zu posaunen und ich konnte ihn nicht aufhalten, weil er sich mit ein paar bewaffneten Männern umgibt, die mich kaum gesehen hätten, sie hätten mich erschossen. Ray besucht die Spielhöllen der Stadt; er spielt, trinkt, betrinkt sich und wenn er keinen Cent mehr hat, nimmt er einen weiteren Hit, wo es am besten scheint, und zu leben. Einmal habe ich mehrere Sheriffs in der Region dazu gebracht, eineinhalb Dutzend ihrer Stellvertreter zu versammeln, um mir beim Aufräumen zu helfen, und als ich es versuchen wollte, gab jemand den Tipp: sie verschwanden im Berg und es gab keine Möglichkeit, sie zu finden. Die Gehilfen marschierten wieder gelangweilt und Tage später schossen sie mir in den Rücken, was mich zwischen Leben und Tod führte.

Wenn Sie sich mutiger und mutiger fühlen als ich, bin ich bereit, Ihnen den Stern zu geben, solange Sie bekommen, was sonst niemand hier hat.

Bud, der aufmerksam zuhörte, antwortete:

"Sehr gut, Mr. Oakle; ich weiß Ihre Berichte zu schätzen und ich kann Ihnen nur eines sagen: Diese Ranch bedeutet mir etwas, das mehr wert ist als das, was sie zwanzigmal besser dafür geben könnten, und ich muss sie mit Händen verteidigen." Ich bin nicht stolz darauf, mehr zu sein als jeder andere, aber ich bestätige eines: Entweder ich reinige die Region, damit das Geschäft gedeihen kann, oder sie werden mich hier begraben müssen, und damit werden alle meine Drangsal sein Es hängt alles davon ab, dass ich ein vertrauenswürdiges Team zusammenstelle, wenn es mir gelingt, wird es jemand bereuen, nicht auf die andere Seite der Konföderation abgewandert zu sein.

"Das ist der Knochen, Mr. Raines." Wo ist diese Mannschaft?

„Könnten Sie nicht jemanden ansprechen, der Mut hat, ein Teil davon zu sein? Mein Koch, der einzige anständige Mensch, der noch da ist, hat angeboten, mit zwei seiner Neffen zu sprechen, die auf einem Bauernhof arbeiten.

"Oh ja! Die Swansons, das sind gute Jungs, aber sie wollen nicht so jung sterben.

"Ich werde sehen, ob ich dich davon überzeugen kann, dass es einfach ist, dein Leben zu behalten und mit mir Gutes zu tun."

"Versuch es." Ich für meinen Teil kann Sie auf Jim Hopkins und Rufus Hanna hinweisen. Der erste hilft deinem Vater in der Schmiede und der zweite in Larry "el Bizco's" Getreideladen. Sie sind ruhigere Berufe als Cowboy.

„Ich danke Ihnen für Ihre Berichte. Im Übrigen kann es nicht lange dauern, bis er in der Stadt von mir hört. Es ist eine Besessenheit, bestimmte Leute an den Heiligen meines Namens zu erinnern.

"Stellen Sie sicher, dass Sie sich nicht daran erinnern müssen, dass er ihn auf einem Grabstein geformt hat." Es ist sehr einfach.

"Und auch sehr schwierig." Die Leute sagen, ich wurde mit dem "Colt" in der Hand geboren. Und es ist komisch, dass sie mich hierher geschickt haben, indem sie so tun, als würde ich mich von diesem Lebensfehler heilen, mit der Waffe zwischen meinen Fingern, wo man sie in der einen Hand halten muss, während man mit der anderen die Suppe trinkt.

Bud verabschiedete sich vom Sheriff, sammelte die Adressen der vier möglichen Arbeiter für die Ranch und marschierte auf der Suche nach ihnen, nutzte den Rest des Nachmittags, um sie zu finden und sie davon zu überzeugen, dass sie ihn bei dieser würdigen Arbeit unterstützen sollten.

Aber in dieser Nacht, als er auf die Ranch zurückkehrte, hatte er die vier Pfleger hinter sich, sehr glücklich, einen Anführer solcher Verhaftungen zu haben.

KAPITEL VI

WIE SIE 3.055 DOLLAR ERHALTEN KÖNNEN

Die Viehzählung auf der Weide war ziemlich herzzerreißend. Von den 3.101 Bullen blieben nur 1.850 übrig. Die Kühe waren auf 601 und die Kälber auf die Hälfte reduziert worden.

Bud bestritt die Plünderung und schwor bei allem, was geschworen wurde, Lowells Haut zu zerreißen, wenn er das Glück hatte, ihn eines Tages zu treffen.

Nach einem allgemeinen Besuch auf der Ranch machte er sich daran, einen Bericht für Big zu schreiben. Darin berichtete er über den Empfang, den daraus resultierenden Empfang, den Mangel an Vieh und den erbärmlichen Zustand der Ranch und ihrer Abhängigkeiten und legte nach vielen Studien einen Kostenplan zur Verbesserung all dessen bei, der sich auf auf 2.501 Dollar, um die er gebeten wurde, sofort mit den Arbeiten zu beginnen.

Buds Überraschung und Wut waren enorm, als er einen Brief von Big erhielt, in dem er unter anderem sagte:

„Es tut mir leid, dass ich Ihnen keinen einzigen Cent schicken kann, aber ich bin nicht bereit, Geld für etwas zu verschwenden, von dem ich noch nicht weiß, ob es sich daran erinnern sollte, dass es existiert Er hat die Macht, alles zu tun, was nötig ist, präzise, aber mit den Mitteln der Ranch , ich brauchte Sie nicht für das Geschäft mit fünfzig Prozent des Gewinns zu interessieren.

"Nun, selbst wenn ich mich dem Verlust aussetzen kann, kann ich nur noch Ihren Lohn für sechs Monate vorziehen und dann Sie mit dem Job, den Sie ihm geben wollen."

Als er Fred den Brief vorlas, schrie er in den Himmel und wetterte gegen Big.

"Aber was denkt dieser alte Geizhals, dass Sie die kalifornischen Minen an den Fingern haben, um die Kastanien aus dem Feuer zu holen?" Was zum Teufel bietet er dir an, wenn du ihm alles, was ihm zurückgegeben werden kann, wenn dies behoben ist, mit deiner Mühe geben wirst? Und erwartest du, dass er dir die Hand seiner Tochter gibt? Ein Horn! Dieser Wucherer des Teufels versucht, dich loszuwerden, damit du sie nicht heiratest, siehst du das nicht? Und im letzten Extrem, wenn er sich nicht durchsetzt, wird es daran liegen, dass Sie auf eigene Gefahr, aber ohne seine Hilfe, Millionär werden.

"Was soll ich tun? fragte Bud entmutigt.

"Zuerst schick ihm einen Brief, der ihn in die Hölle schickt." Sie müssen ihn einen Ausbeuter, Wucherer, Trickster und alles nennen, was Ihnen in den Sinn kommt. Dann wirst du ihm sagen, dass er diesen Vorschuss behalten soll, dass du ihn gar nicht brauchst, und dann nicht daran denken, eines Tages hier aufzutauchen, denn sobald er seine Nase durch diese Weiden stößt, werden wir ihn in einen Teich mit werfen eine Kuh um den Hals gebunden.

„Das kann ich nicht tun, Fred", wandte Bud ein. Es ist durch Nancy.

"Sag keinen Unsinn." Ihre Pflicht ist, es zu tun, damit er sieht, dass Sie mehr Leber haben als er. Dann werden wir sehen, wie wir aus diesem Hornissennest herauskommen, wo wir hingekommen sind, und wenn du ihm nicht so schreibst, schwöre ich dir, dass ich deinen Mund mit meinen Fäusten schlimmer verlassen habe, als ich ihn Lowell hinterlassen habe .

Bud hat Freds Rat sehr ausgereift; aber am Ende erkannte er, dass er Recht hatte und beschloss zu schreiben.

Der Brief war ein Muster einer Peitsche, um Wucherer zu geißeln. Ohne sich auf die Zunge zu beißen, um ihm zu sagen, wie sehr er sich eingebildet hatte, beendete er den Brief mit den Worten:

„Bud Raines hat nie um Almosen gebeten. Diesen Vorschuss kannst du dir sparen, ich will ihn nicht, und ich werde oder werde nicht tun, was dies verlangt, das ist mein Konto; aber ich warne dich, wenn du zufällig deine Nase reinsteckst die Ranch Bevor unser Vertrag ausläuft, werde ich ihn mit der dicksten Kuh, die ich finden kann, um seinen Hals gebunden in einen Teich werfen.

Dieser Brief, der den Viehzüchter revoltieren sollte, schloss jede Möglichkeit zur Ausführung seiner Pläne aus; Aber er war ein aggressiver Mann und er hoffte, eine Formel zu finden, die ihn aus Schwierigkeiten herausholen würde.

Das magere und arme Vieh konnte nicht verkauft werden. Das wäre verrückt gewesen, denn alles, was sie für jeden Kopf gegeben hätten, waren zwanzig oder fünfundzwanzig Dollar, und doch brauchte er Geld, um die Ranch aufzuräumen, die Päonage zu bezahlen und die durch Lowells Gier erschöpften Weiden zu ersetzen.

Das ganze Geld, das er in seiner Tasche hatte, betrug siebzig Dollar und fünf Cent, und obwohl Fred ihm großzügig die fünfunddreißig anbot, die er hatte, hatte er nicht einmal eine Woche Zeit, um die Arbeiter zu ernähren.

Bud brauchte irgendwo Geld, um sein mageres Team zu verstärken, und er fragte sich, wie er es bekommen könnte.

Plötzlich kam ihm eine Eingebung in den Sinn. Oakle hatte ihm bestimmte Informationen gegeben, die er fast vergessen hatte, und jetzt, als er sich daran erinnerte, lächelte er schief.

Er überprüfte seine Revolver, um sich zu vergewissern, dass sie ohne Reserve funktionieren würden, und rief Fred an und fragte:

"Hör mir zu, Fred." Möchten Sie auf dem Friedhof dieser schönen Stadt begraben werden? Ich habe es gesehen und es ist großartig. Sie bekommt volle Sonne und ist recht gut gepflegt.

Fred zwinkerte sauer und antwortete:

"Ich habe es nicht eilig, darin als Mieter gezählt zu werden." Warum fragst du?

"Um es zu wissen." In diesem Fall auf Wiedersehen. Ich überlasse dir die Verantwortung für die Ranch, und wenn ich nicht zurückkomme, na ja... nun; Da Sie keine Verpflichtungen haben, können Sie ihn in die Hölle schicken.

Fred packte sie am Arm und rief wütend:

"Komm her, du Arschloch." Wohin gehst du?

"Keine Sorge. Das ist mein Ding.

„Hört zu. Wenn du erwägst, in ein Chaos zu geraten, in dem du viel Aufhebens machen und nicht auf mich zählen musst, schwöre ich dir, dass du hier nicht gehst, denn ich schicke dich mit einem Schlag für einen Monat in den Schlaf.

"Mach dir keine Umstände. Es wird keine Schlägerei geben. Es wird Schüsse und Anwärter auf die Volkszählung vom Whitebills Cemetery geben. Das passt nicht zu dir.

„Nun, die Sache mit der Tatsache, dass ich nicht gehe, lassen wir es. Ich mag Punsch besser, aber wenn es diejenigen gibt, die Blei besser verdauen, warum nicht ihnen diesen Geschmack geben? Worum geht es?

"Ungefähr zweitausendfünfhundert Dollar."

„Wirst du eine Ranch ausrauben?

"Nein, aber der Sheriff hat mir das in einer Spielhölle in dieser idyllischen Stadt für den ausgezeichneten Gesetzlosen Ray Garson versichert, der Ben fünfhundert Stück Vieh gestohlen hat." Diese Zahl von fünfzig Dollar bedeutet fünfundzwanzigtausend. Ray spielt hart in der Spielhölle, und er spielt, weil er Gold von der Viehzucht hat. Wir brauchen zweitausendfünfhundert Dollar, und ich dachte, dass Ray derjenige ist, der sie liefern muss.

„Nichts als das Scheißgeld? Nein, mein Sohn, damit bin ich nicht zufrieden. Sie müssen die fünfundzwanzigtausend plus die Einnahmen lockern, und wenn nicht, schlage ich Ihnen die Haut zu Boden.

"Lass diese Idee los, Fred." Es wird keine Schläge geben. Es wird Schüsse und Fett geben. Ray ist nicht allein; Er wird von drei oder vier führenden Schützen begleitet, die schnell und gut schießen müssen. Macht es dich?

"Lass uns ein bisschen proben." Du weißt, dass ich immer noch nicht so schieße wie du; Aber wenn Sie mir die drei oder vier bewaffneten Männer überlassen und sich Ray widmen, kann die Sache meiner Meinung nach sauber gelöst werden.

"Nun, gehen Sie." Heute ist Samstag und der Joint wird voll sein. Lassen Sie mich die Frage beginnen und Ray nicht ansehen, wenn ich am Spiel teilnehme. Sieh dir seine bewaffneten Männer an und schieße, bevor du darüber nachdenkst.

"Zustimmen. Wir gehen dort hin.

Beide gingen in die Stadt, die nicht sehr überfüllt war, aber da es ziemlich dubiose Elemente gab, immer Besitzer von unrechtmäßig "verdientem Geld" und Cowboys, die bereit waren, ihren Lohn für den Goldgewinn preiszugeben, war das Glücksspielgeschäft ziemlich beschäftigt in Whitebills.

Das Wichtigste war zu wissen, wo Ray aufgehört hatte; aber Rufus Harma klärte sie von Zweifeln und führte sie zu "The Gold Nugget", das sich in der Hauptstraße befindet.

Als sie beide die staubige Straße erreichten und vor dem Lokal hielten, stellten sie fest, dass es ziemlich voll war. Mehr als ein Dutzend Pferde waren neben der Veranda eingesperrt, und von drinnen kam das gedämpfte Gemurmel lauter Gespräche, lautes und unhöfliches Gelächter, die Flüche einiger Betrunkener und die ganze Bandbreite an Geräuschen, die für eine solche Einrichtung typisch sind.

Bud, die Hand in der Hüfte, drückte die Tür auf und trat ein, gefolgt von Fred, der sich hinter ihm zu verstecken schien. Das Lokal war von einem dicken Nebelschleier verschleiert, der es schwierig machte, die Kundschaft zu unterscheiden.

Bud stand zusammen an der Theke und studierte die Topographie des Landes, und Fred musterte die Kunden, die der Tür am nächsten standen.

Plötzlich bemerkte er, dass einer die Hutkrempe nach vorne kippte und dann seinen Platz verließ, um heimlich die Tür zu erreichen. Fred erinnerte sich dabei an die Gesichtszüge des Flüchtigen und näherte sich Buds Ohr und sagte:

"Tu noch nichts, warte auf mich." Ich werde eine dringende Angelegenheit klären; Ich bin gleich wieder da.

Bud versuchte nach Erklärungen zu fragen, aber ohne Erfolg, denn Fred hatte bereits das Fairway gewonnen und verschwand von der Dunkelheit verschluckt.

Bud versteifte sich und fragte sich, was seinen Freund in einem so kritischen Moment gezwungen hätte, die Taverne zu verlassen; aber mit Geduld bewaffnet, wartete er.

Kurz darauf ertönte von draußen das Echo einer Detonation, die zwar alle dazu zwang, instinktiv den Kopf zu drehen, aber niemanden veranlasste, hinauszugehen, um zu sehen, was passierte, und zwei Minuten später tauchte Fred wieder auf und zündete sich seine Pfeife an.

„Wo zum Teufel bist du hin? fragte Bud leise.

"Um einem Kerl, der ein wenig aus den Angeln gehoben wurde, ein Nervenschmerzmittel zur Verfügung zu stellen." Zum Glück bin ich pünktlich angekommen und der arme Mann wird nicht mehr darunter leiden.

"Also ... dieser Schuss ..."

"Es war das einzige Schmerzmittel, das ich brauchte." Es war einer der Ranch-Peons, der, als er uns hereinkommen sah, hinauseilte, zweifellos um Verstärkung zu suchen und uns eine Falle zu stellen. Ich sah ihn pünktlich, folgte ihm und ... bevor er überhaupt daran dachte, die Waffe zu ziehen, verabreichte ich die Dosis. Jetzt können Sie mit dem Tanz beginnen, wann immer Sie möchten.

"Danke, Fred." Du bist ein wunderbarer Mann.

„Und ein Horn! Sagen Sie mir das, wenn Sie können, wenn diese Feier zu Ende ist. Ah! ... Zu dem, was Sie mir über das Grab erzählt haben ..., wenn nötig, dann sorgen Sie dafür, dass die Sonne es gut tut. Du weißt, dass mir sehr kalt ist.

"Ich werde einen Ofen installieren lassen, keine Sorge." Jetzt pass auf.

Er ging glatt durch das Lokal, bis er eine Tür erreichte, die zu einem großen Raum führte, der dem Glücksspiel vorbehalten war. Es gab einen Tisch mit Roulette und einen anderen, an dem der Pharao gespielt wurde, und die Punkte bildeten einen guten Kern.

Bud kannte Ray nicht und musste herausfinden, wer er war, aber er hoffte, dass ihn jemand beim Namen nennen würde, was ausreichen würde.

Tatsächlich schnitzte auf dem Tisch des Pharaos eine große und flexible Person, ungefähr fünfundvierzig Jahre alt, mit stählernen Augen und rauen, schwieligen Händen. Er trug zwei riesige "Colts" am Gürtel, die bei jeder Bewegung gegen den Tisch krachten, und er hatte eine ordentliche Menge Goldmünzen vor sich.

Jemand rief an, um eine unbezahlte Wette einzufordern, und Bud lächelte. Der Bankier war Ray, und das war ein Glück, denn aufgrund seiner Haltung am Tisch war er in einer schlechten Position, um seine Waffen schnell zu ziehen, vielleicht weil er im Vertrauen auf sein Poster von einem schrecklichen Mann nicht einmal im Entferntesten ahnte, dass dies der Fall war jemand könnte etwas gegen ihn versuchen.

Bud beeilte sich nicht. Er hatte den Gesetzlosen entdeckt, aber er musste seine Wächter ausfindig machen, und das erforderte ein gewisses Studium.

Aber es dauerte nicht lange, um einige zu entdecken. Drei Personen, die verdächtiger aussahen als die anderen, bewegten sich um den Schützen herum, als hätten sie Angst, dass jemand die Hand ausstrecken und die Bank übernehmen könnte.

Bud hat sich das hier angeschaut. Aus der Menge der gestapelten Münzen errechnete er, dass sie die von ihm angegebene Menge überstieg, und um zu vermeiden, dass sie sich durch einen unglücklichen Zug verringern konnte, machte er sich bereit zu handeln.

Er zwinkerte Fred zu, der sich hinter ihm versteckte, und ich murmelte:

„Mir scheint, dass diese drei ...

"Nicht folgen; Sie haben mir den Gestank gegeben. Mach dir Sorgen um deine, ich kümmere mich darum.

Er versteckte sich in Buds Körper, zog die Revolver heraus, versteckte sie in den Ärmeln seiner Jacke und manövrierte sich hinter den Rücken der drei Verdächtigen.

Dann lächelte er glückselig und seufzte.

Bud, der es geschafft hatte, sich an den Tisch zu schaffen, der eine strategische Position einnahm, legte eine Hand auf den Sims und als das anstehende Spiel beendet war, zog er schnell seine beiden Revolver, präsentierte sie am Tisch und rief:

"Einen Moment! Ich habe Mr. Ray etwas zu sagen.

Er versuchte aufzustehen, um den Revolver zu ziehen, aber Bud richtete ihn auf seine Brust und sagte:

"Beweg dich nicht, du kannst dich verletzen." Sie sind ab 45...

Der Gesetzlose, der olivfarben wurde, blieb angespannt, aber jemand legte ihm die Hände um die Taille. Allerdings berührten sie die Waffen auch nicht, denn eine Stimme hinter ihnen rief:

"Seien Sie vorsichtig, meine Herren, Sie werden an Nephritis leiden, wenn Sie eine falsche Bewegung machen."

Eine enorme Anspannung lähmte alle Atemzüge. Die Punkte ahnten, dass etwas Tragisches passieren würde, aber sie hatten keine Ahnung, was.

Bud rief leise aus:

„Mr. Ray, vor ein paar Monaten hielten Sie es für angebracht, von der Ranch „Cruz Alta", die damals Mr. Ben und heute seiner Nichte Miss Nancy gehörte, fünfhundert

Rinder mitzunehmen, was zusammengerechnet fünfzig Dollar beträgt auf 25 000. Da dieses Geld zu diesem Gegenstand gehört und Eigentum der Person ist, die ich vertrete, werde ich es berücksichtigen und bei einer anderen Gelegenheit zurückkehren, um den Rest zu suchen.

Ray war erstaunt und für einen Moment angespannt, weil er nicht wusste, welche Entscheidung er treffen sollte. Von den vielen seltsamen Dingen, von denen er hoffte, dass sie ihm in seinem Leben passieren könnten, war dies das seltsamste von allen, und seine stumpfe Mentalität konnte keinen Ausweg dafür finden.

Aber seine Selbstachtung als Mann mit einem Revolver am Gürtel ließ ihm diese Demütigung nicht zu und er entschied blitzschnell, was er tun sollte.

Er sank materiell in den Sitz, um auf dem Tisch in Deckung zu gehen und den Körper von den Kugeln zu stehlen, indem er unter dem Tisch hervorschießen konnte, und er schob ihn nach vorne; Aber Bud, der etwas Ähnliches erwartete, nutzte sein Stehen und Vorlehnen, um den Revolver mit seiner eigentümlichen Geschwindigkeit vorzuschieben, und der Schuss traf den Gesetzlosen direkt in den Kopf, ohne ihm Zeit zum Schießen zu geben. Seine drei Gefährten verachteten die Gefahr, die Freds Anwesenheit für sie darstellte, einer von ihnen warf sich auf ihn, bereit, ihn zu entwaffnen. Zwei aufeinanderfolgende Schüsse unterbrachen die beiden am nächsten stehenden Schüsse, aber der dritte hatte Zeit, seine Waffe zum Feuern zu ziehen.

Obwohl der Schuss von seinem Revolver kam, war er zu niedrig, denn Bud hatte ihn schnell ins Visier genommen, während er sein Manöver beobachtete.

Die drei zu Boden gefallenen bewaffneten Männer versuchten, den Kampf fortzusetzen; aber Fred entwaffnete einen mit einem Tritt und zerquetschte den Mund des anderen, während Bud mit einem Schuss auf den dritten fertig wurde.

Panik erfasste die Gäste, die aus dem Spielsaal stürzten und in die Taverne gingen, aus Angst, dass eine verirrte Kugel sie in ihrem Weg finden könnte, und Bud und Fred fanden sich als Meister des Raumes.

Das Gold war auf den Boden gerollt, als Ray den Tisch umgeworfen hatte, und Bud nahm sich sorgsam mehr als das, was dem Banditen gehörte; Aber als er eine Entscheidung treffen musste, zählte er schnell, wie viel er sammeln konnte, insgesamt 4.221 US-Dollar. Die Scoring-Punkte waren relativ niedrig und nach einer Kopfrechnung ließ er 1.221 Dollar auf dem Tisch.

Dann schaute er in die Taverne und rief:

"Sirs, ich will nichts, was mir nicht gehört." Ich hinterlasse 1.221 Dollar für jeden, um die Position einzunehmen, die sie gemacht haben. Wenn jemand der Meinung ist, dass etwas fehlt, fragen Sie danach, bevor wir gehen.

Fred bemerkte, dass sich niemand entschloss, trat vor und lud sie ein:

"Bitte, eins nach dem anderen." Du, wie viel hast du hineingesteckt?

"Fünf Dollar.

"Wie diese. Andere. Sie, wie viel?

„Sieben Dollar.

Als alle marschiert waren, blieben 55 Dollar übrig. Fred fragte wie bei einer Auktion:

„Mach Spiel! Fehlt niemand, um Ansprüche geltend zu machen?

Da niemand protestierte, ließ er den Rest sagen:

"Nun, meine Herren, vielen Dank." Der Rest gehört uns. Dann warf er zehn Dollar auf die Theke und warnte:

"Für einige Kränze von Evergreens." Es ist an das Haus gewöhnt.

Und er ging zielstrebig auf die Tür zu.

Bud folgte ihm mit schussbereiten Revolvern und wandte sich dann an die erstaunte Menge und sagte:

"Meine Herren, ich habe vorgeschlagen, die Region von solchen Mobs zu säubern, und ich werde erfolgreich sein." Ich warne, dass ich einen weiteren Raid machen werde, wenn es am wenigsten erwartet wird. Wenn es jetzt noch ehrliche Menschen in dieser Stadt und vor allem Männer mit zwei Fingern Mut und Würde gibt, auf der Ranch "Cruz Alta", die ich leite, brauchen wir Arbeiter, die mir bei dieser Arbeit helfen. Derjenige, der sich angesprochen fühlt, der morgen auftaucht, um nach einem Job zu fragen.

Er schloß die Tür vorsichtig und ging auf die Straße hinaus. Fred, der niemandem traute, rief aus:

"Beeil dich, Bud, damit diese Leute nicht merken, wie einfach es ist, 3.155 Dollar zu schnappen und zu versuchen, uns nachzuahmen!"

Und sie ritten zu Pferd und galoppierten vom Gelenk davon.

KAPITEL VII

FRED SANDERS LIEBT TEMPERATUR

Am nächsten Tag, als Bud das Bett noch nicht verlassen hatte, war er sehr überrascht, einen Besuch von Fred zu bekommen.

„Was zum Teufel willst du, dass du mich nicht einmal ausruhen lässt, wenn es mir gut geht?

„Ein Muster deiner Größe sollte das erste sein, das den Nabel trifft. Siehst du mich nicht, bereit, auf die Weide zu gehen?"

"Gut, aber du und nicht ich musst untergehen."

"Gut, aber Sie müssen die Besucher empfangen." Bitte zieh dich an und geh runter auf die Terrasse. Es gibt ein großes Komitee von Schwalbenkindern, die mit dir reden wollen.

Bud war sehr fasziniert vom Bett und fragte:

„Willst du dich erklären, verdammter Stempel? Wer sind sie und was wollen sie?

"Sie sagen, dass sie Cowboys sind und geben vor, Teil des Teams zu sein."

Bud starrte ihn fragend an.

„Was vermuten Sie, Kröte aus der Hölle? Glaubst du, dass es Typen sind, die von den Viehdieben geworfen wurden?

"Ich vermute nichts." Sie scheinen die Gesichter guter Jungs zu haben; Aber vertraue nicht, dass die Hölle mit guten Absichten gesät wird.

Bud eilte hinunter zum Patio, wo acht junge, stämmige, gut aussehende, lachende Jungen steif zu Pferd warteten.

Bud betrachtete sie mit einem tiefen Blick, war mit seinem Bild zufrieden und näherte sich ihnen und fragte:

„Was wolltet ihr Jungs?

Einer von ihnen, der die Vertretung aller annahm, rief mit gebrochener Stimme aus:

"Nun... wir sind gekommen, weil... sie uns erzählt haben, was du letzte Nacht getan hast." "The Gold Nugget" und wir wollten ...

Bud trat vor und fragte:

„Fertig bald! Wollen Sie Rays Tod rächen?

Der Cowboy hob seine Arme zum Himmel und rief:

"Gott beschütze uns! Wir kommen, weil uns gesagt wurde, dass Sie nach ehrlichen Männern und ... etwas Mutigen gefragt haben, die bereit sind, Ihnen zu helfen und wir ... vielleicht können wir ...

„Basa! Fahren Sie nicht fort, dass Sie mir nicht dienen werden, wenn es Sie so viel Arbeit kostet, einen Ochsen zu verbinden, als sich selbst zu erklären. Es ist wahr, dass ich es gesagt habe. Ich brauche Bauern, um die Schurken zu ersetzen, die ich hier rausgeschmissen habe, aber ich möchte nicht, dass Schurken die Bauern ersetzen. Wurden?

"Wir sind anständige Leute." Sie können sich informieren.

"Natürlich werde ich." Sie werden mir Ihre Namen hinterlassen und ich werde den Sheriff fragen. Wenn er mir über dich antwortet ... Fred, nimm ihre Abstammung und lass sie heute Nachmittag zurückkommen.

Fred nahm die Namen auf und die Jungs gingen, anscheinend sehr glücklich.

„Sieht so aus, als wären sie keine Gesetzlosen", schlug Bud vor. Heute Nachmittag werde ich es wissen.

Tatsächlich ging er an diesem Nachmittag mit der Liste zum Büro des Sheriffs hinunter, der, sobald er ihn eintreten sah, mit ausgestreckter Hand auf ihn zuging und sagte:

„Bravo, Herr Raines! Ich gratuliere dir von ganzem Herzen. Du hast etwas zu Großes getan, um es zuzugeben, ohne es zu sehen. Ich glaube, mit Rays Tod haben Sie den Viehdieben einen schrecklichen Schlag versetzt.

"Du glaubst es? Ich schätze, jetzt werden sich alle Verstreuten zusammentun und versuchen, mir die entscheidende Schlacht zu liefern. Ich muss vorgewarnt sein und dafür komme ich Sie besuchen.

"Sagen Sie mir, wie ich Ihnen helfen kann."

"Acht Jungs sind auf die Ranch gekommen und haben gebeten, dem Team beizutreten." Sie haben mir ihre Namen gegeben und ich möchte zuerst sicherstellen, dass es sich nicht um verdächtige Personen handelt. Hier ist die Liste.

Oakle ging die Namen durch und gab ihm die Zeitung zurück und sagte:

"Ich denke, Sie können sie ohne Bedenken akzeptieren." Sie sind nicht misstrauisch, obwohl ich nicht glaube, dass sie alle großartige Cowboys sind.

"Das ist mir egal. Sie werden lernen. Um sie zu unterrichten, sogar mit Fäusten, habe ich einen Vorarbeiter, der wunderbar ist und mit seinen Fäusten Unterricht gibt. Hauptsache, man kann ihnen vertrauen.

"Ja, und einige prahlen mit kleinen Männern."

„Nun noch ein letzter Gefallen: Ich brauche ein Dienstmädchen für die Ranch, aber in Sachen Schönheit wäre mir ein Schutt lieber. Ich will mich dort nicht mit Röcken anlegen.

"Dann kann ich dir Ketty Grahan empfehlen." Sie ist eine Frau in den Fünfzigern, hässlich wie Koliken, aber sauber, fleißig und agil. Sie lebte mit ihrem Bruder zusammen, der kürzlich gestorben ist und arbeiten muss.

"Gut. Schicke sie morgen hin.

Bud verließ die Büros und besuchte, um die Zeit zu nutzen, verschiedene Künstler im Dorf. Der Zimmermann, ein Maler, zwei Maurer und ein Klempner. Er war hartnäckig, die Ranch schnell aufzuräumen und umzubauen und wollte keine Zeit verschwenden.

Am Nachmittag kamen die zukünftigen Arbeiter zurück, sie wurden aufgenommen und mit Fred auf die Weide geschickt. Dieser wäre dafür verantwortlich, sie für den Fall zu schulen, dass sie eine Lektion benötigen, um mäßig nachzukommen.

Als der Vorarbeiter in dieser Nacht von der Weide zurückkehrte, der es satt hatte, einigen Anfängern Unterricht zu geben, ging er in das Zimmer, das Bud ihm zugewiesen hatte, und als er das Zimmer verließ, nachdem er sich umgezogen hatte, ging er stolpernd hinaus mit Ketty. , die neue Magd.

Fred rieb sich mehrmals die Augen, um sich davon zu überzeugen, dass dies eine Frau und keine Tarnung war, und als er sich dessen sicher war, rannte er wie ein Verrückter zu Buds Büro und durchdrang ihn wie ein Wirbelwind:

"Hallo du; Stück Arsch! Willst du, dass ich vor Schreck sterbe?

"Weil?

"Aber hatten Sie den Mut, dieses menschliche Wrack als Dienstmädchen anzuheuern?" Haben Sie jemals geglaubt, dass dies ein Zirkus ist? Aber was ist mit der Ästhetik, Bud? ... Und wo haben Sie Ihren Sinn für Schmuck und Ihre Liebe zur bildenden Kunst gelassen?

"Schau, Fred, geh zum Essen und stör mich nicht." Was wolltest du, dass dich ein gefallener Kabarett-Engel zu deinem Trost anheuert? Nein, mein Sohn, hier muss die Förmlichkeit herrschen, sonst bricht alles zusammen.

Fred warf Feuer aus seinen Augen und rief:

„Die haben uns? Denkst du, dass der Rest von uns das gleiche Übel erleiden wird, weil du geächtet bist? Nun, du liegst falsch, ich werde es dir beweisen.

Und sehr wütend ging er hinunter in den Speisesaal, wo sich die Peons bereits versammelt hatten, gesprächig und fröhlich, den Tag seines Debüts auf der Ranch kommentierend.

Mehrere Tage lang arbeiteten die Arbeiter in Zwangsmärschen an der Dekoration der Hazienda. Bud wollte das schnell hinter sich bringen, damit er unbesorgt seinen Geschäften nachgehen konnte.

Eines Nachts, kurz nachdem die Peonage von den Weiden zurückgekehrt war, ertönte eine Reihe von Schreien und Zurechtweisungen aus dem Korridor, und als er erschrocken seinen Stuhl verließ, um die Ursache zu untersuchen, stürzte er in Ketty selbst, die alte Jungfer , der mit großen Augen, nach Luft schnappend und erstickend, Schutz in ihm stammelnd suchte

"Bitte, Mr. Raines, halten Sie diesen Verrückten fest."

"Zu wem?

"Zu seinem Vorarbeiter." Oh Herr Raines! Sie wissen nicht ... Er ist ein Wilder ... und ich ... ich bin eine anständige Frau ...

In diesem Moment betrat Fred, sehr ernst, mit einem Gesicht, in dem eine Flamme von Mohnresten zu brennen schien, das Büro und sagte sehr ernst:

"Komm schon, Ketty, sei nicht prüde." Du weißt, dass ich in dich verliebt bin, und ich bin ein sehr wichtiger Mann auf dieser Ranch, um meine Liebe zu verachten.

Bud starrte ihn mit großen Augen an, nicht sicher, ob er in Gelächter ausbrechen oder ihm das Tintenfass an den Kopf werfen sollte, aber reagierend schob er das verängstigte Dienstmädchen in den Flur und sagte:

"Ignoriere sie, Mrs. Ketty." Fred spielt sehr gerne Streiche. Sie werden ihn kennenlernen.

"Aber ... er wollte mich küssen!"

"Ich bezweifel das nicht. Er hat mir erzählt, dass du ihn sehr an seine arme Großmutter erinnerst, und das macht ihn sentimental.

Die gute Dame verließ misstrauisch das Büro und Bud, Fred gegenüberstehend, rief genervt aus:

"Komm schon, Fred, du bist zu alt für solche Witze!"

„Was für Witze oder was für gekochte Beeren! Liebe ist blind! Du stößt mich in die schrecklichen Abgründe der vorsintflutlichen Liebe, und ich ...

„Verschwinde hier, du Schwindler! schrie Bud und drohte ihm. Und hör mir gut zu; Wenn Sie diese Tricks noch einmal versuchen, um diese unglückliche Frau dazu zu bringen, den Posten zu verlassen, schwöre ich Ihnen, dass ich nach einer anderen suchen werde, die älter und schrecklicher ist, um zu sehen, ob Sie wirklich vor Angst sterben.

"Es ist in Ordnung. Ist das Ihre Herausforderung? Nun, ich akzeptiere es.

Und er ging würdevoll und lachte über die schlimme Zeit, die er dem unglücklichen Dienstmädchen zugefügt hatte.

Tage später war die Ranch umgebaut worden. Sauberkeit und Schmuck hatten Schmutz und Vernachlässigung ersetzt. Die Wände waren weiß wie Salzbergwerke, die Türpfosten grün gestrichen, auch das Geländer gestrichen und mit Töpfen und Pflanzen erneuert, die es nie gehabt hatte. Die Fenster hatten Vorhänge; Betten, neue Kleider und Möbel hatten durch den Lack eine neue Patina bekommen.

Bud hatte eines der Zimmer mit Südfenstern hellgrün streichen lassen. Ein schönes, fröhliches Walnussbett mit allen neuen Geräten war darin installiert, ebenso wie ein Waschbecken aus Kiefernholz, ein Beistelltisch und ein abgeschrägter Mondschrank. Ein Moskitonetz bedeckte das Bett, um Mittsommernächte vor Parasiten zu schützen.

Bud hatte sich diese wichtige Reform vorbehalten, aber Fred war schockiert.

„Bist du ein Mädchen aus dem Osten geworden, um dieses Birria-Zimmer zu reservieren? fragte er verwundert.

Bud, errötend, schrie:

„Halt die Klappe, Schnüffler aus der Hölle! Ich muss Ihnen keine Erklärungen geben.

„Das musste ich sehen! Fred grummelte. Ein Mann, der behauptet, mit dem "Colt" in der Hand auf die Welt gekommen zu sein, aus Angst vor Mücken! ... Wo hast du die Kompakte und den Lippenstift versteckt?

„Willst du die Klappe halten und zur Hölle fahren?

„Ich habe keine Lust, und jetzt sagst du es mir und ich gehe! Ich diene ganzen Männern, nicht halben Damen.

Verzweifelt streckte Bud seine Faust aus und ließ sie auf Freds Stirn fallen. Er krabbelte, schlug ihm direkt auf die Brust und die beiden schlugen sich den Flur entlang, bis sie in Buds Büro landeten, wo er mit einem guten Schlag auf die Couch fiel.

"Zur Hölle mit dir! Fred brüllte. Die Rechnung, jetzt!

„Geh weg, oder ich erschieße dich und vernichte dich, du Arschloch! Hast du nicht verstanden, dass ich diesen Raum für den Tag meiner Hochzeit hergerichtet habe?

Fred brach in Gelächter aus und sagte:

„Wen gedenkst du zu heiraten, mit dieser Hexe, die du als Dienstmädchen mitgebracht hast? Deshalb warst du eifersüchtig, dass ich mit ihr geschlafen habe. Da dies nicht der Fall ist, sage ich voraus, dass Sie nicht heiraten werden ...

Er konnte den Satz nicht beenden. Sie musste auf die Beine kommen und die Tür zuschlagen, um nicht das Tintenfass aufzufangen, das Bud von der anderen Seite des Tisches auf sie geworfen hatte.

Fred erschien zwei Tage lang nicht vor Bud. Wenn er von den Weiden zurückkehrte, speiste er mit den Peons und zog sich dann leise in sein Zimmer zurück, ohne mit seinem Freund ein Wort zu wechseln.

Aber dieser beachtete ihn nicht. Er hatte wichtigere Dinge zu erledigen, und er wusste, dass die Wut seines Aufsehers eher vorgetäuscht als echt war, zweifellos um ihn zu beunruhigen.

Bud litt unter verschiedenen Obsessionen, die ihn wach hielten. Einer war der mögliche Erwerb von Land neben der Ranch, der ihm verschiedene Gewinne einbringen könnte. Ein anderer, um seine Weiden in einem Verhältnis zu vergrößern, das es ihm ermöglicht, ohne Sorgen eine größere Anzahl von Rindern zu haben; dann für Wasser sorgen, denn durch ihn floss ein herrlicher Bach, durch den sie sich eines Tages streiten konnten, wenn jemand voranging, um das Land zu erwerben und schließlich ihr Vieh viel besser zu schützen, da der Landstreifen eine natürliche Barriere aus rauen Hängen hatte das würde dazu dienen, dort die mögliche Aktion der Viehdiebe einzuschränken.

Die andere Obsession ging mit dieser einher, da sich beide ergänzen konnten. Es war so, dass er während eines seiner langen Ausritte auf seinem Hof zwischen den Canyons, Canyons und Schluchten der nahe gelegenen Berge einige wilde Pferde entdeckt hatte, und es hieß, wenn es ihm gelang, sie zu fangen und zu zähmen , der Gewinn, den sein Verkauf brachte, konnte verwendet werden, um das benachbarte Land zu erwerben und den Viehbestand zu vergrößern, wodurch der Hof plötzlich einen höheren Wert erhielt, ohne Geld ausgeben zu müssen, das er nicht hatte, oder Monate und Monate darauf warten zu müssen, dass die Geschäft allein würde diesen problematischen Nutzen für die Erweiterung des Geschäfts erbringen.

Bud hatte die Entdeckung für sich behalten und wollte sie seinem Vorarbeiter nicht melden, bis er alle für ein erfolgreiches Unterfangen notwendigen Daten hatte. Wenn es wirklich eine gute Herde wilder Hengste gab, wollte er sich davon überzeugen, die Orte, an denen sie sich aufhielten, studieren, das Gelände beobachten, nur um diese problematische Verbreiterung bereit zu stellen, sie zu fangen.

Diese Arbeit kostete ihn viele Stunden des Stöberns und Beobachtens, bis er eines Tages triumphierend auf die Ranch zurückkehrte. Er wusste alles, was er brauchte und dachte, die Firma sei einfach genug. Er hatte entdeckt, dass die Pferde in einen zwischen Klippen eingeschlossenen Teich hinunterstiegen, um zu trinken. Diese Redoute hatte einen schmalen Ausgang nach Osten und den Eingang auf der gegenüberliegenden Seite. Wenn der Ausgang geschlossen war und sie durch den Eingang belästigt wurden, würden sie in einem großen natürlichen Korral zurückgelassen, in dem es nicht menschlich wäre, sie zu verbinden.

Der Tag, an dem er seine Beobachtungen beendete, war Samstag, und als er spät in der Nacht auf die Ranch zurückkehrte, beschloss er, Fred anzurufen und ihm von seinem Projekt zu berichten.

Er war sich sicher, dass der wählerische Vorarbeiter sich über die Entdeckung freuen würde und mit großer Leidenschaft für Pferde ein begeisterter Helfer beim Einfangen und Zähmen sein würde.

Aber als er nach Fred schickte, sagten sie ihm, dass er sich in Totalen gekleidet habe und zusammen mit dem Team ins Dorf gegangen sei.

Bud, schlecht gelaunt, gab sich damit ab, seine Pläne auf Montag zu verschieben. Er konnte seinen Vorarbeiter nicht zwingen, auf der Ranch in ständiger Wachsamkeit zu leben und gab ihm das Recht, Spaß zu haben, wie jeder Mann, der ihm unterstand.

Er nahm sich die Zeit, seine Pläne zu reifen, zeichnete das Gelände, markierte den Ort der Falle, wo sie geschlossen werden sollte und wo sie stationiert werden sollten, um die Herde zu belästigen, und zog sich müde zum Schlafen zurück.

Der Sonntag war langweilig mit Reiten verbracht und ging relativ früh ins Bett, freute sich auf Montag für die spannende Jagd.

In dieser Nacht und spät in der Nacht wachte der Koch, der in einem Schuppen in der Nähe der Palisade schlief, erschreckt auf, als er ein heftiges Zuschlagen der Tür hörte, und ging mit seinem Revolver, wie Bud es ihm befohlen hatte, zur Tür . und vor dem Öffnen fragte er:

"Wer geht?

„Jetzt öffne, Lahm vom Teufel! rief Freds ungepflegte Stimme. Kennen Sie nicht den rechten Arm des Kaisers dieser Ranch?

Bill war ein wenig erschrocken, als er Fred hörte. Es war das erste Mal, dass er ihn betrunken beobachtet hatte, aber er beeilte sich, den Befehl auszuführen.

Als er die Tür öffnete, war er zutiefst erstaunt. Jemand anderes ritt auf Freds Pferd, und den Formen nach zu urteilen, war es eine Frau.

Fred stellte das Pferd auf den Hof und stieg ab und rief:

"Warte ein bisschen, Königin des Westens, jetzt werde ich eine Unterkunft für dich vorbereiten, die deines Königshauses würdig ist."

Bill starrte die Amazone an und machte eine bestürzte Geste. Sie war ein junges und kunstvoll geschminktes Mädchen, das die frivolste Kleidung trug, die man sich geben kann, und der Peon zögerte nicht, sie zu den Abenteurern zu zählen, die in den Spielhöllen der Stadt dienten, um das Leben der Peons zu erhellen.

Fred nahm sie in seine Arme, stieg von ihr ab wie eine Feder und fesselte sie um die Taille und sagte:

"Komm her, du Stück Himmel." Wir werden den bärtigen Oger auf dieser verdammten Ranch überraschen und ihm zeigen, dass Fred Sanders auch eine exquisite Vorliebe für die Auswahl von Jungfrauen hat. Heute Nacht schläfst du im königlichsten Zimmer dieses Palastes ... Das war's!

Bill versuchte, ihm in die Quere zu kommen, aber Fred schrie wütend:

„Verschwinde hier, lahmer Teufel, oder ich gebe dir eine Spritze, die das andere Ruder verdirbt!

Bill gab vor seiner Einstellung auf und Fred zog das Mädchen, das ein wenig verwirrt schien, die Treppe hinauf, bis sie das obere Stockwerk erreichte, wo Fred sein Schlafzimmer hatte.

Er blieb vor Buds Tür stehen und hämmerte heftig auf sie ein und schrie:

„Jude aus der Hölle, steh auf und öffne dich, ich werde dir die größte Überraschung deines Lebens bereiten!

Bud erwachte erschrocken von Freds Stampfen und Schreien und ging, seine Hose anziehend, in den Flur hinaus.

Der junge Mann blieb als einer, der Visionen sieht, wenn er mit Fred konfrontiert wurde, der gezwungen war, sich an die Wände zu lehnen, um das Gleichgewicht zu halten, und noch mehr, als er das Mädchen beobachtete, das ihn mit großen Augen ansah.

Bud wandte sich wütend an seinen Vorarbeiter und schrie:

"Aber bist du verrückt geworden, Fred?"

"Wütend? Ja bitte. Verrückt nach Liebe. Siehst du es? Was sagt man zu diesem Engel im Abendkleid? Du magst nicht? Was ist schöner als diese Groteske, die du uns gebracht hast, um unsere Augen bitter zu machen? Nun, sieh es dir gut an, aber mehr nicht, denn es ist für mich allein. Das war's ... Ich werde sie hier wie eine Prinzessin für meine einzige Pause unterbringen und jetzt gibst du mir den Schlüssel zu diesem leeren goldenen Käfig, den du hast, denn für wen ist es besser als für einen Engel wie diese?

Bud ging außer sich mit geballten Fäusten auf ihn zu und brüllte:

"Was ich dir geben werde, ist ein Schlag in das Krötenmaul, das du hast, damit du trinken lernen kannst."

"Mir? Probieren Sie aus, wie ...

Er hatte keine Zeit, mehr zu sagen. Bud streckte seine Faust aus und erwischte Fred am Kinn, der wie ein Bündel zusammenbrach.

Das Mädchen stieß einen entsetzten Schrei aus; aber Bud beruhigte sie und sagte:

„Erschrecken Sie nicht, nichts ist falsch. Es ist das einzige, was sie brauchte, um diese Träume von liebevoller Größe schlafen zu lassen, die plötzlich in sie eindrangen, und was dich betrifft, es tut mir sehr leid, aber ich kann dich auf dieser Ranch nicht willkommen heißen. Es gibt hier nur Männer, die von ihrem Temperament genug haben, um keine Stimulanzien zu brauchen.

Sie protestierte betrübt über den Spott, dem sie ausgesetzt war; aber Bud schob sie unflexibel zur Treppe und rief Bill an und befahl:

"Hier, Bill, gib dieser jungen Dame diese fünf Dollar, um sie für die Reise zu trösten und lege sie sanft auf das Zauntor."

Bill gehorchte dem Befehl trotz ihrer Proteste, und als er sie auf der anderen Seite der Tür zurückließ, schlief er ein und fragte sich, was am nächsten Tag passieren würde, wenn er mit dem Vorarbeiter konfrontiert wurde, frei von den Dämpfen des Vorarbeiters. Alkohol.

Bud kümmerte sich nicht um seinen Vorarbeiter. Er ließ ihn dort ab, wo er war und zog sich in sein Zimmer zurück, um sich dem Schlaf hinzugeben.

Als er sehr früh aufstand, war er immer noch da, und nahm einen Eimer mit sehr kaltem Wasser aus dem Terrassenbecken, warf ihn sich ohne nachzudenken ins Gesicht und zwang ihn, wie ein Steg zu springen.

Fred, triefend vom Wasser, zitternd vor Schock und mit großen Augen vor Überraschung, starrte Bud an, ohne zu verstehen, was passierte, bis er reagierte, wütend wurde und schrie:

„Was machst du, du Arschloch? Was glaubst du, was ich bin? Ein durstiger Frosch?

"Was du bist, ist ein Trunkenbold ohne Scham, und auf meiner Ranch will ich keine Trunkenbolde." Machen Sie sich fertig und bereiten Sie Ihr Gepäck vor, Sie verschwinden hier.

In Buds Gesicht lag eine solche Ernsthaftigkeit, dass Fred erschrocken ausrief:

"Aber Bud, bist du verrückt geworden?" Was habe ich dir angetan, damit du mich so behandelst?

"Was hast du mit mir gemacht? Glaubst du, ich kann letzte Nacht vertragen?

"Aber was war letzte Nacht?"

„Erinnerst du dich nicht, dass du wie ein Fass betrunken gekommen bist, einen Engel aus Ich weiß nicht was auf dem Rücken getragen hast und ihn in nichts anderem als in meiner goldenen Kammer, wie du mein Privatzimmer nennst, unterbringen wolltest?

Fred sah ihn fassungslos an und stammelte:

„Habe ich das getan, Bud? Schwöre mir, ich habe! Aber ich glaubte, dass ich geträumt hatte, dass ...

"Hör auf! Wenn Sie einen Harem errichten möchten, suchen Sie sich eine Spielhölle in der Stadt, und Sie werden dort die Königin sein. Nicht hier.

Fred war am Boden zerstört. Er erinnerte sich nicht mehr an das Durchnässen oder merkte, dass er zitterte wie ein neugeborener Hund.

„Oh, Bud! Er rief aus. Ich schwöre, ich weiß nichts von dem, was du mir erzählst. Du verstehst es natürlich nicht. Ein Mann ist ein Mann. Sie müssen sich bei Gelegenheit abwechseln. Jeder kann noch ein Glas trinken. Dann Liebe ... Du bist ein Einsiedler dafür, aber ich ..., ich bin ein Mann und ...

„Fahr zur Hölle, du böses Biest! schrie Bud, als er erkannte, dass er eine Lungenentzündung bekommen würde, wenn er so lange weitermachte.

"""Gut; seit du es willst, sei es. Ich werde gehen. Ich bedaure nur, Sie für die Welt allein zu lassen ... Wer wird Ihre Gämse besser und eleganter schütteln als ich?

„Und wer außer mir schießt dir in den Mund, wenn es lange dauert, bis ich aus meinen Augen verschwinde? schrie Bud und schob ihn die Treppe hinunter.

"Nun, okay, Oger." Nun, Sie nehmen sich nicht wenig an, weil sie Ihnen die Parodie einer Ranch gegeben haben! Wenn Sie am Ende des Tages das bekommen, was ich ...

"Du gehst? schrie Bud außer sich.

"Ja, Mann, ja, ich gehe." Aber du wirst mich suchen und wirst mich nicht finden. Ich bin der beste Vorarbeiter im ganzen Westen, auch wenn Sie nicht wollen. Ah! ... und das Schönste. Sie haben es schon gesehen. Bei mir werden Frauen verlost. Stattdessen wissen Sie nur, wie man Schüsse abfeuert und bewaffnete Männer tötet. Bah! Ein Leben wie Ihres ist scheiße!

Bud zog an einem seiner Stiefel und warf ihn an seinen Kopf; aber Fred wich dem Schlag aus und stieg zitternd und lachend über die schlechten Launen seines Gefährten hinab.

KAPITEL VIII

FÜNFUNDZWANZIG MAIS

Fred ignorierte Buds Befehl und ging auf die Weide, sicher, dass er diese schwarze Zeit verbringen würde, und Bud war froh darüber, denn tief in seinem Inneren hegte er keinen Groll gegen Fred, da er wusste, dass er kein Mann war. gerne trinken.

Am Abend, als er zurückkam, ging er direkt zu Buds Büro und sagte sehr ernst:

„Nun, alter Freund; ich hoffe, dass du die Basca bestanden hast und mir das letzte Nacht verziehen hast. Jetzt schwöre ich dir, dass es etwas Unvorhergesehenes war und dass es nicht wieder vorkommen wird.

"Es ist in Ordnung. Ich möchte glauben, dass es so ist, und ich nehme es als selbstverständlich hin. Hör zu. Morgen früh brauche ich die acht besten Bauern zum Reiten. Ich habe etwas Beeindruckendes in der Hand.

"Worum geht es? Fragte Fred fasziniert.

"Von der Jagd zu sehr geringen Kosten zwei Dutzend prächtige Wildpferde."

„Bei der Hölle! Ist das wirklich, Bud?

„Wie ich dir sage.

"Nun, erzähl mir von deiner Entdeckung." Das ist großartig, Bud!

Er merkte, wie viel er beobachtet hatte, und zeigte ihm den Plan, den er für die Jagd entworfen hatte. Fred musterte ihn mit leuchtenden Augen.

„Gut, Junge", sagte er. Wenn Sie diese zwei Dutzend Hengste fangen, sind Sie gerettet. Wenn sie gezähmt sind, können sie sehr gut zwölftausend Dollar wert sein.

„Ich habe das berechnet und mit diesem Geld werden wir die Weiden neben uns kaufen, um Wasser für den Sommer zu sichern.

"Gut gedacht, Bud." Mir scheint, dass wir diesen alten Geizhals mit dem Schürhaken auf die Knöchel schlagen werden.

"Lass uns keine Projekte machen, Fred braucht die Pferde."

"Wir werden." Aber zuerst müssen Sie die Falle sichern. Lassen Sie mich den Ausgang nach meinem Geschmack schließen.

Fred marschierte am nächsten Tag zu der von Bud angegebenen Stelle und begutachtete das Gelände. Der junge Mann hatte sich nicht geirrt, und die Falle konnte großartig sein.

Mit Hilfe zweier Arbeiter fällte er ein paar kräftige Bäume, die er auf den Boden nagelte, und überquerte dann dünnere. Außerdem nahm er einige Drahtstücke aus den Lagerhallen und kleidete die Lücken aus, und schließlich fertigte er Halterungen an, die die Falle gegen einen Bruchversuch sicherten, indem er sie von außen festhielt.

Zwei Tage später verließen Bud, Fred und acht Peons die Ranch vor Tagesanbruch und bezogen Stellungen, um das Gelände zu umrunden, auf dem die Pferde erscheinen sollten. Gut versteckt und sich der Luft zuliebe positioniert, um nicht von den feinen Nasen der Hengste entdeckt zu werden, warteten sie geduldig mit den an die Sättel gebundenen Fesseln.

Gegen elf Uhr morgens erschien ein wunderschönes Exemplar, weiß wie Schnee. Er kündigte ihre Ankunft an, indem er seine mächtigen Hufe auf dem Schiefer klapperte, und alle eilten herbei, um die Köpfe ihrer Pferde zu bedecken, damit sie nicht denunziert würden.

Das Pferd erreichte das Ende einer Rampe und stand wie eine Statue da, suchte unruhig die Luft ab, sagte aber nichts, weil sich die Bauern so positioniert hatten, dass er ihren Geruch nicht zu ihm tragen konnte.

Ruhig, so scheint es, stieß er ein hohes Wiehern aus, das wie das Vibrieren eines Signalhorns durch die Höhlen der Klippen hallte und kurz darauf das Galoppieren einer Herde wie ein herannahender Donner auf den Schiefer des Weges hämmerte, bis Sie erschienen in einem Haufen, drängelten sich wütend und suchten unruhig die Luft ab.

Bud und Fred, die zusammen blieben, tauschten bei ihrem Anblick stille Bewunderung aus. Sie waren alle prachtvoll und es gab schwarz wie die Nacht, braun, weiß, weiß, bemalt, mit skurrilen Flecken und in verschiedenen Höhen.

Bud musste sich auf die Lippe beißen, um still zu bleiben und nicht vorzeitig zu manövrieren, während Fred mit dem Lasso in der Hand hinter einem Felsen hervorspähte und dem Weg der Hengste folgte.

"Fünfundzwanzig! Er murmelte. Noch ein Konto.

Die Tiere stiegen auf die andere Seite der Rampe hinab und gingen einige Pfade hinunter zum Teich. Dies war in einer kleinen Schlucht und vor ihnen führte eine enge Schlucht zu der Falle, die sie vorbereitet hatten, um sie in die Enge zu treiben.

Bud wartete darauf, dass sie die Schlucht betraten, deren andere Ausgänge von den Peons eingenommen wurden, und als alle drinnen waren, galoppierte er sein Pferd, gefolgt von Freds und feuerte einen Schuss in die Luft als Signal für die Peons zu manövrieren.

Der Schuss empörte die Hengste. Sein Boss streckte die Ohren aus, wieherte laut vor Wut und drehte ihm den Rücken zu, um zu fliehen, aber als er mit Bud und Fred konfrontiert wurde, drehte er sich um und suchte nach einem anderen Ausweg.

Als sie nach den Lücken in der Schlucht suchten, tauchten Bauern, die sie stupsten, vor ihnen auf, und die Tiere, die wie wahnsinnig keinen anderen Ausgang als die Schlucht fanden, warfen sich stürmisch durch sie, während die Bauern ihnen folgten, um den Rückzug zu vermeiden Pferd, das eine Gefahr spürte, drehte sich heftig um und als er Bud und Fred mitten im Tal sah, schoss er auf sie zu und versuchte, an ihnen vorbeizukommen.

Bud, der es merkte, bereitete sein Lasso vor und schaffte es mit einer großartigen Anstrengung, ihn am Hals zu sperren, aber das war nicht genug und der Hengst, kraftvoll, zog am Lasso, als er Bud aus dem Sattel reißen wollte.

Der Reiter spornte sein Pferd an, um ihn im Galopp des Hengstes zum Laufen zu bringen, was nicht möglich war und er hätte loslassen müssen, wenn Freds günstiges Lasso nicht auf ihn gefallen wäre und die Beute verstärkt hätte.

Mehr als eine Viertelstunde lang wehrte sich das edle Tier wie ein Tier, doch schließlich geschlagen, schäumend aus Mund und Lippen und mit blutigen Augen, blieb er stehen, als hätte er sich in sein Schicksal ergeben.

Besser verschlossen wurde er in die Schlucht gebracht, wo die Peons vor Freude wahnsinnig waren; Sie hatten die ganze Herde in die Enge getrieben und schlossen den Zaun mit mächtigen Baumstämmen, die bereits am Vortag ausgelegt worden waren. Die Gefangenschaft war herrlich gewesen und nun blieb es nur noch, sie einzeln einzusperren, einen geeigneten Platz für sie zu finden und mit ihrer Ausbildung fortzufahren.

Da niemand von dieser großartigen Jagd gehört hatte, bestand keine Gefahr, ausgeraubt zu werden, aber zur größeren Sicherheit bewachten zwei Arbeiter die Falle Tag und Nacht, während die anderen in freien Stunden nachts arbeiteten und sie auf die Minimum. Um das Vieh zu verwahren, bauten sie zwei große Baracken, um sie zu beherbergen, basierend auf robusten Baumstämmen, die unmöglich umgerissen werden konnten.

Unter großen Vorkehrungen wurden sie in ihre neue Haftanstalt überführt, und sobald sie dort waren, widmete sich Bud unermüdlich der Zähmung mit Hilfe von Fred, der so viele Momente, wie er frei hatte, wie viele andere in die Kaserne ging, auf der Suche nach einem Pferd, um ihn an den Biss, den Sattel und den Sporn zu gewöhnen. Es war keine faule Aufgabe, aber auch nicht sehr lang. Nach einem halben Dutzend Versuchen, den Sattel und das Gebiss anzupassen, wurden sie alle gelehrig, und nur der weiße Hengst war hart im Dressurreiten, was Bud ins Schwitzen brachte, wie er es noch nie in seinem Leben getan hatte.

Aber nach und nach gab er in seiner Wildheit nach, bis er schließlich der gelehrigste und edelste von allen war.

Als er mit dem Ergebnis zufrieden war, sagte er zu Fred:

"Ich hatte vierundzwanzig und es waren fünfundzwanzig." Ich werde das hier Nancy geben, damit sie stolz sein kann, es zu reiten.

"Aber Sie werden es nicht vor der Hochzeit tun, oder?" fragte Fred. Seien Sie vorsichtig, was mit jemandem passiert, der dem Hund eines anderen Brot gibt ...

Bud antwortete nicht; aber sie beschloss, darüber nachzudenken, wann sie das Geschenk machen würde.

Im Moment hatte er nicht die Absicht, dies zu tun. Old Big hatte nach diesem beleidigenden Brief kein Lebenszeichen mehr von sich gegeben, und er würde sich nicht dazu herablassen, seine Taten zu erklären.

Die Stimme der großartigen Jagd verbreitete sich durch das Dorf, zu Buds großem Ärger, der sich dabei unwohl fühlte, und mehr als ein Zuschauer spähte durch die Weiden, um einen Blick auf das schöne Blatt der so außergewöhnlichen Pferde zu werfen.

Das hatte Bud in Flammen. Er wollte sie komplett gezähmt haben, um sie loszuwerden, denn sein Herz sagte ihm, dass sie etwas versuchen würden, um ihm seinen Schatz zu nehmen.

Die beiden entschlossensten Bauern des Teams standen Tag und Nacht Wache, und sowohl er als auch Fred halfen ihnen bei dieser Aufgabe bis spät in die Nacht; aber trotzdem beherrschte sie eine lebhafte Unruhe.

Zwei Tage später war der Himmel bewölkt und im Laufe des Nachmittags wurden die Wolken dichter und drohten mit Wasser.

Bud, unruhig, rief Fred an und sagte:

"Heute Nacht werden wir die Wache in den Schuppen verstärken und wir bleiben auch." Ich befürchte, dass sie dies für einen gewagten Staatsstreich ausnutzen werden.

Vier Bauern blieben auf der Hut. Einer draußen und drei drinnen, plus Bud und Fred, die sich bis an die Zähne bewaffnet hatten.

Die Dunkelheit war so dicht, dass der Wächter keine drei Meter weit sehen konnte, und obwohl er sich bemühte, die Augen zu öffnen, sah er nur einen schwarzen Schleier vor sich, der alles verdunkelte. Es war spät in der Nacht, als der Peon sich mit dem Revolver abstützte. Er schien eine Berührung zu bekommen, die sich langsam näherte, und er war unruhig und unruhig.

Nervös, dachte er, wich zurück und ging in die Schuppen, um Alarm zu schlagen; aber da er den Eingang nicht unbewacht lassen wollte, zögerte er einen Moment, und schließlich, sogar der Verspottung ausgesetzt, spitzte er die Ohren, fixierte den Blick auf die Stelle, wo er die Berührung zu spüren glaubte, und feuerte.

Zweifellos half ihm das Glück, denn auf den Schuss folgte ein heiserer Schmerzensschrei, und sofort kamen mehrere Detonationen von verschiedenen Stellen, aber um die Schuppen herum.

Der Bauer gewann mit einem Sprung die Tür und lag mit dem Gesicht nach unten auf dem Boden und feuerte, um zu verhindern, dass der Schuppen angegriffen wurde, während Bud, Fred und der Rest der Bauern mit Gewehren in der Hand auftauchten und nervös fragten, was passiert sei .

Der Bauer warnte:

"Geh nicht aus." Ich fühlte, wie jemand kroch und feuerte. Ich muss ihn verletzt haben, denn er stöhnte. Es müssen viele sein, und sie umgeben die Schuppen.

Sie breiteten sich aus, so gut sie konnten, und schossen durch die Baumhöhlen willkürlich oder gelenkt von den Blitzen der Angreifer, da die Dichte der Schatten es nicht erlaubte, das Ziel zu fixieren. Es war ein blinder Kampf, der lange andauerte. Eine Kugel, die durch die Lichtungen drang, brachte einen Bauern außer Gefecht, aber die Belagerten mussten es geschafft haben, einen Feind zu Fall zu bringen, denn sie hatten Schmerzensgebrüll und Stakkato-Flüche gefangen.

Bud war wütend, weil er seine Angreifer nicht erkennen oder gar einen Fluchtversuch unternehmen konnte, und falls ihm etwas fehlte, um sich unwohl zu fühlen, regten sich die Pferde, die vom Gebrüll der Waffen erschreckt wurden, in ihren Boxen fürchterlich auf und drohten, die Hindernisse und verursachen sie einen schrecklichen Konflikt.

Schließlich zeichnete sich in der Schwärze des Himmels die vage Linie der Morgendämmerung ab, und die teilweise aufgehellten Schatten erlaubten den Belagerten, einige Bündel zu erkennen, die sich auf die Flucht vorbereiteten, als sie sahen, dass ihr Überraschungsplan scheiterte.

Bud, ungestüm, gab sich nicht damit ab, sie gehen zu lassen, ohne herauszufinden, wer sie waren, und rief seine Männer an:

"Wer mir folgen will." Diesen Dienern muss eine Lektion erteilt werden, damit sie den Wunsch verlieren, das Stück zu wiederholen.

Zu Pferd ritt er, gefolgt von seinen Männern, ins Tal, und die von dieser unerwarteten Abfahrt überraschten "Räuber" trennten sich und versuchten, in den nahen Bergen zu verschwinden.

Doch die Wut seiner Angreifer vereitelte seinen Plan teilweise. Einigen gelang es, den Belästigungen zu entkommen und zwischen den zerklüfteten Bergen zu verschwinden, aber vier bissen ohne Zeit zu fliehen.

Bud hatte sich auf einen der Flüchtigen gestürzt, gezogen von seinem schwarz gefleckten Kastanienpferd. Er wollte sich erinnern, wo er dieses seltsame Reittier gesehen hatte; Aber da er dies nicht tat, dachte er, dass er durch den Abschuss des

Reiters Zweifel ausräumen würde, und obwohl er das Opfer sein sollte, gelang es ihm, da der Flüchtling sehr gut schoss, einen Schuss in den Rücken, der ihn warf vom Pferd und blieb wie eine Kröte im Land stecken.

Als sie ihn erreichte und ihn umdrehte, um sein Gesicht zu untersuchen, stieß sie einen Schrei der wilden Freude aus:

„Niedrig! ... Ah, verdammter Skorpion, ich habe es endlich geschafft, die Schulden zu begleichen, die du mir schuldest!

Als er wieder mit seinen Männern vereint war und eine Durchsuchung bestätigt wurde, starrten vier Leichen mit ihren glasigen Augen in den Himmel. Sie gehörten alle zum alten Ranchteam, und dieses Detail ließ sie vermuten, dass Lowell den Angriff organisiert hatte.

Sie fanden auch in der Nähe des Schuppens die Leiche des anderen Räubers, den der Bauer niedergeschossen hatte, und Fred kratzte sich am Kopf und murmelte

"Verdiene zehn Dollar, Bud."

"So dass? Fragte letzteren verwirrt.

"Für weitere fünf Kronen." Sie wissen bereits, dass wir diesen Brauch etabliert haben und wir dürfen ihn nicht verpassen. Zwei Dollar für jede Kröte davon ist kein schlechter Preis, Bud würde gerne zwei volle Monate bezahlen, um es auf so viele Schakale dieser Art anwenden zu können.

"Okay, hier", sagte Bud und reichte ihm das Geld, "aber sie werden für mich ruinös." Von nun an senke ich den Kurs auf einen Dollar.

"Sei nicht böse, Bud." Verstehst du nicht, dass sie, wenn sie herausfinden, dass du in dieser letzten Ehrung so gemein bist, sich angewidert fühlen und nicht in Reichweite unserer Gewehre kommen wollen? Wenn am Ende dein lästiger Schwiegervater dafür bezahlen wird!

Bud wollte nicht weiter streiten und zog sich in die Ställe zurück, wo sie die Hengste beruhigten, was viel Arbeit kostete.

Eine Woche später schloss Bud einen Deal mit einem Rancher in Las Vegas, Nevada, ab und gab die wilden Hengste zum ausgewiesenen Preis von 12.111 Dollar ab, wobei er nur das weiße Pferd reservierte, das er auf den herausfordernden Namen "Hurricane" getauft hatte. .

Als er sich als Eigentümer des Geldes befand, verhandelte er mit dem Staat über den Kauf des an seine Weiden angrenzenden Landes, und ein Teil des verbleibenden Rests wurde verwendet, um einen Punkt an Jährlingen zu erwerben, der eines Tages den Wert des Grundstücks erhöhen würde um einiges. Prozent.

Obwohl Bud Big Hunderte von Meilen davon entfernt glaubte, die Wahrheit seiner Manöver und Kombinationen zu kennen, um die Vertragsbedingungen zu erfüllen und vor allem seinem "störenden Schwiegervater" eine Lektion in Einfallsreichtum, Wagemut und Aggressivität zu erteilen, die Wahrheit war, dass Big mit allem, was Bud tat, auf dem neuesten Stand war, da er eng mit dem Sheriff von Whitebills befreundet war, der sich bemühte, ihn über alles, was auf der Ranch passierte, auf dem Laufenden zu halten, und ihm eine Nachricht schickte wöchentlicher Brief, von dem Bud nicht einmal Kenntnis hatte. entferntster Verdacht.

Und so erfuhr er, ebenso wie von der Besiedlung der Ranch, vom Tod des Gesetzlosen Ray, von der Rettung dieser dreitausend Dollar, die ihm so nützlich gewesen waren, um das erste qualvolle Schlagloch zu retten, das sich ihm präsentierte, und, später von seinem Schicksal. und List, die Hengstherde zu entdecken und zu fangen, wie in letzter Zeit durch den Verkauf dieser und den Erwerb von mehr Weideland und neuem Vieh, um die erschöpfte Herde zu ergänzen.

Big rieb sich vor Freude die Hände, während er Buds Aggressivität und Hartnäckigkeit beobachtete, aber er blieb still und reserviert für ihre Neuigkeiten. Er glaubte ihn so eitel, dass er nicht zögern würde, sich mit dem Erfolg, den die Gefangennahme der Pferde und deren Verkauf errungen hatte, das Gesicht zu reiben; Aber die Tage vergingen und Bud war immer noch so eng wie die Berge, die den Grand Canyon umschlossen.

KAPITEL IX

ALS KNOSPEN-BALANCE EIN AUSSTEHENDES KONTO

Eines Morgens rief Big, wütend, seine Tochter an und zeigte ihr einen Brief, den er gerade von Oakle, dem Sheriff, erhalten hatte, und sagte:

„Was hältst du von diesem Dummkopf? Nachdem er sich in den mehr als vier Monaten, die er auf der Ranch verbracht hat, nicht geruht hat, ein Wort zu schreiben oder Rechenschaft abzulegen, widmet er sich dem Gehen wie ein König mit diesem prächtigen weißen Hengst, der reserviert wurde, als ob er wirklich der Besitzer wäre von allem und wir werfen eine verabscheuungswürdige Sache beiseite. Meinst du, das sollte erlaubt sein?

Nancy, die sich schon seit einiger Zeit nach Buds Abwesenheit gesehnt hatte, antwortete:

"Es ist deine Schuld, Dad." Du hast ihn wie den letzten Bauern auf deiner Ranch behandelt. Sie haben ihn in eine Firma geschickt, in der er Dutzende Male sein Leben riskiert, die Ranch verbessert, Land, Vieh usw. erworben hat, ohne ihm einen Pfennig zu helfen, und jetzt beschweren Sie sich, weil er seine Erfolge vorbehält. Was hast du getan, damit er sich anders verhält?

"Ich musste deine Flüge kürzen, Nancy." Du weißt es. Er ist ein schrecklicher Mann und wenn ich ihm eines Tages Flügel gebe, kommt er und sagt, dass diese Ranch auch ihm gehört.

"Mir scheint, dass Sie ihn sehr oberflächlich beurteilen." Ich glaube, das alles ist nichts anderes als eine Sekundarschulbildung. Bud ist im Herzen ein sentimentaler Romantiker.

"So romantisch, dass er die Töchter reicher Viehzüchter liebt und versucht, damit sein Vermögen wieder aufzubauen."

"Kein Unsinn, Papa." Sie verdienen, was Ihnen gehört.

"Deine? Solange er nicht vor mir auf die Knie geht und kriecht, wird ihm wohl das Verlangen bleiben.

"Sie haben einen unterschriebenen Vertrag mit ihm."

"Wir werden sehen, wie es am Ende des Jahres gelungen ist." Ich fürchte, es greift zu kurz.

"Wir werden sehen. Ich denke, es wird lang.

„Sie sind ein weiterer Romantiker, der in ihm nur den heroischen und eingebildeten Mann sieht, dessen Erfolge mit dem „Colt" in der Hand glänzen. Da ich die Behandlung, die Sie mir geben, müde bin, werde ich Ihnen einen Brief schreiben, der Ihnen die Haare verbrennen wird.

„Pass auf, dass du nicht mit einem anderen antwortest, der dir den Schnurrbart verbrennt und du nicht weißt, wie du darauf antworten sollst. Ich für meinen Teil sage Ihnen, dass ich diese nervige Situation satt habe und ein für alle Mal geklärt werden muss.

"Nun, gut, ich werde es klären, und heute."

Und tatsächlich schrieb er Bud an diesem Tag einen Brief, der wie eine Zunderbüchse sein sollte.

Der Brief, den Bud zweimal durchgehen musste, um sich von seinem Inhalt zu überzeugen, lautete wie folgt:

"Lieber Herr:

„Vor vier Monaten habe ich Ihnen übermäßiges Vertrauen geschenkt, indem ich Ihnen die Verwaltung der Ranch meiner Tochter Nancy anvertraut habe, und an diesem Tag haben Sie noch nicht die geringste Rechenschaft über die Gewinne gemacht und mich auch nicht im kleinsten Detail darüber befragt was zu tun ist oder nicht, je nach den Interessen meiner Tochter.

"Da dieses Verhalten nicht korrekt ist, hoffe ich, dass Sie mir so schnell wie möglich einen Rechenschaftsbericht und eine Liste Ihrer Aktivitäten zur Verbesserung der Immobilie zusenden, die ich sehr bezweifle, da Ihr Schweigen zu beredt ist in dieses Gefühl.

"Lou Big."

Bud brach in einem Sturm des Fluchens über den trickreichen alten Viehzüchter aus und nahm, ohne weiter nachzudenken, seine Feder und antwortete mit folgendem Brief:

"Lieber Herr:

„Ich kann nicht galant sagen, dass mich der Ton Ihres Briefes überrascht hat, denn das ist das Einzige, was ich von Ihnen erwarten konnte, nach Ihrem letzten Date vor vier Monaten.

"Sie bitten mich um einen Rechenschaftsbericht und da es meine Pflicht ist, sie Ihnen zu geben, haben Sie sie hier:

„Für das Gehalt von 14 Arbeitern für vier Monate, bei 61 Dollar im Monat 3.361

„Für das Gehalt des Vorarbeiters für vier Monate bei 81 Dollar im Monat 321

"Für das Gehalt meines Managers für vier Monate in Höhe von 100

Dollar im Monat

.... 400

„Für ein viermonatiges Gehalt für eine Assistentin von 20 US-Dollar im Monat 80

"Für den Unterhalt von 16 Personen für vier Monate zu einem Preis von

16 Dollar pro Tag 1.920

"Für die Ausgabe von 25 Kronen zu 11 US-Dollar pro Krone für so viele

Feinde seines Eigentums, die ich unter Enthüllung meines Lebens getötet habe ... 250

"Gesamtdollar 6.330

"Da sein Hauptanliegen anscheinend darin besteht, diese Schulden zu begleichen, da er weiß, dass ihre Höhe für die Bedürfnisse der Ranch sehr notwendig ist, füge ich diesen Auszug bei, um sicher zu sein, dass er mir diesen Betrag auf dem schnellsten Wege, der ihm zur Verfügung steht, senden wird.

„Sie könnten noch andere kleine Ausgaben hinzufügen, die Projektile, die gegen das feindliche Vieh Ihres Eigentums ausgegeben werden", aber diese können auf die endgültige Bilanz warten.

„Mit den liebevollen Grüßen, die Sie mir im Namen aller senden, bleibe ich Ihr Diener,

"Bud-Ruinen."

* * *

Als Fred in dieser Nacht von dieser verletzenden Korrespondenz hörte, war er über Bigs Gemeinheit bis zum Anfall empört, lachte aber laut über die harte und wohlverdiente Antwort.

"Das ist gut, Bud." Und ich denke, Sie sollten hinzufügen, dass wir, wenn unser Gehalt ab diesem Tag nicht steigt, auf eine andere, weniger geizige Ranch gehen werden.

„Lass es so wie es ist, es ist schon serviert. Bei diesem Brief gibt es nur zwei Haltungen: entweder persönlich zu kommen, um die Sache zu besprechen oder den Inhalt zu platzen und zu schlucken.

Bud hatte recht, denn als Big den Brief bekam, war er wirklich empört und jaulte, was seiner eigenen Tochter Angst machte.

"Aber denken Sie, dass das erträglich ist, Nancy?" Das ist eine Beleidigung Ihres Vaters, der ich nicht zustimmen kann.

„Was wolltest du, dass ich dir das Gold aus den kalifornischen Minen schicke?

"Nein! ... Aber es gab mir eine wahre Rechenschaftslegung und keinen Betrug. Wo ist alles, was die Ranch hervorgebracht hat, und warum bin ich mir dessen nicht bewusst?

"Sie wissen, wo es ist: Oakle hat es für Sie spezifiziert." Er hat neues Land gekauft, er hat mehr Vieh gekauft, er hat die Ranch repariert. All das ist da. Was haben Sie ihm stattdessen für die zwingenden Ausgaben gegeben? Nichts, was er getan hat, wurde mit unserem Geld gemacht.

„Was ist mit dem Geld, das du vor Ray gerettet hast? Und derjenige, der den Verkauf der Pferde bewirkt hat? Haben Sie alles in dem, was Sie angeben, verwendet?

„Möglicherweise nicht; Hätte er das getan, hätte er keine Mannschaft, keinen Vorarbeiter oder Dienstmädchen mehr, weil niemand ohne Bezahlung arbeitet. Er hat dir zwar diese Einkünfte verborgen, dass sie nicht wirklich zu den gehören Ranch, aber er muss es für deine Einstellung ärgerlich gemacht haben, zu seiner Zeit, wenn er den Vertrag erfüllt, werden sie herauskommen.

"   Sicher! Du musst ihn verteidigen, was wirst du tun? Du interessierst dich mehr als ich ... Und dieser Slogan, der zur Bilanz beiträgt? Fünfzig Dollar für Totenkronen! ... Wird geglaubt, dass ich eine philanthropische Bestattungsgesellschaft bin, dass ich jeden krönen muss, der in dieser verdammten Stadt stirbt?

„Natürlich nicht, denken Sie daran, dass er sich auf die Unerwünschten bezieht, die er beseitigen musste, um unser Eigentum zu verteidigen.

"Ich würde es gerne sehen ... Fünfzig Dollar! ... Fünfundzwanzig Kronen!" Aber glaubt man, dass ich das Geld stehlen werde, um sein Verlangen als bluthungriger Mann wie Hyänen zu stillen? Für mich soll er sie töten; Aber er soll einen Strauß wilder Blumen in sein Grab legen, die in Reichweite sind und nichts kosten. Wie luxuriös und sah die Waffe aus, Mann kommt aus mir heraus!

Nancy, sehr amüsiert über die Empörung ihres Vaters, fragte:

„Was willst du antworten?

"Was ich zu beantworten vorhabe, behalte ich vor." An deinem Tag wirst du es wissen.

"Nun, ich hoffe, du stirbst mit der Antwort nicht an einem Schlaganfall."

"Das hoffe ich auch." Stattdessen muss er möglicherweise lange meditieren.

Big bestand darauf, keine Details zu nennen, was er vorhatte, und Nancy, sehr amüsiert über Buds Antwort, bereitete sich darauf vor, ihn zu verlassen, nicht ohne Vorwarnung:

"Nun, da Höflichkeit Mut nicht verhindert, grüßen Sie, wenn Sie schreiben." Ich glaube nicht, dass es einen Grund gibt, sie Ihnen nicht zu schicken.

"Nein, tief im Inneren vielleicht nicht, aber im Weg... Nun, ich werde sehen, was ich tue."

Als Big allein gelassen wurde, grinste er. Obwohl er sich mit solcher Empörung gezeigt hatte, war dies nichts anderes als eine Maske. Er mochte Buds Energie und vor allem seinen demonstrierten Einfallsreichtum, um aus der schlechten Trance herauszukommen, in die er ihn versetzt hatte, und den wahren Wert, den er der Ranch beimaß.

Aber er wollte ihn demütigen und leiden lassen, bevor er ihm seine Tochter gab, und er glaubte, dies mit geringem Preis erreichen zu können.

Nach Buds Weggang hatte er auf Empfehlung eines Freundes einen neuen Vorarbeiter eingestellt. Dies war ein großer, starker, fetter und zäher junger Mann, der über ungewöhnliche Kräfte verfügen musste, und er sollte Bud die Antwort bringen.

Er rief den Vorarbeiter in sein Büro und fragte nach einer Prüfung, um sich davon zu überzeugen, dass seine Projekte nicht scheitern konnten:

"Sag mir, William, möchtest du hundert Dollar verdienen?"

"   Gee, Boss, Sie fragen sich nicht einmal!

"Gut, aber ich muss Sie warnen, dass Sie es nicht gewinnen werden, nur weil Sie zu einem Rodeo gehen."

„Ich kann es mir vorstellen; aber ich hoffe, es ist etwas, das ich entwickeln kann.

"Nach seiner Handfläche zu urteilen, denke ich." Es geht darum, einem bestimmten Typen eine ordentliche Tracht Prügel zu verpassen.

„Nichts mehr als das?

"Nichts mehr. Es versteht sich von selbst, dass es kein Feuerwerksspiel geben sollte. Das Ding muss mit sauberer Faust sein, und wenn Sie es zusätzlich zu den Schlägen schaffen, ihn über den Sattel seines Pferdes zu bringen, werde ich dem Angebot hundert Dollar hinzufügen.

"Für diesen Preis trage ich es auf deinen Schultern." Über wen ist es?

"Von meinem ehemaligen Vorarbeiter Bud Raines, der jetzt die Ranch meiner Tochter in Whitebills leitet."

"Nun, ich glaube nicht, dass es sehr schwer ist, ihn mit den Fäusten zu schlagen, aber du vergisst, dass Bud mit dem" Colt " in der Hand geboren wurde und dass, wenn er zum Zeichnen beginnt, dann ...

„""Es ist nicht richtig. Sie müssen sich unbewaffnet präsentieren. Sagen Sie ihm, dass Sie dafür verantwortlich sind, ihn zu verprügeln und auf die Ranch zu bringen, und Sie werden dieses Programm nicht verlassen. Seien Sie versichert, dass Bud unter keinen Umständen so ein Feigling ist, dass er auf Sie schießt.

"Sehr gut. Da fahre ich sofort hin. Ich bitte dringend darum, diese Dollars so schnell wie möglich in meiner Tasche zu haben.

* * *

Bud verbrachte ein paar unruhige Tage und fragte sich, wie Big nach seinem Brief reagieren würde und was er tun würde, wenn er so behandelt wurde.

Sie machte sich keine Sorgen über die Einstellung des alten Ranchers oder was er von ihm hielt, aber sie machte sich Sorgen darüber, was seine Einstellung Nancys Stimmung beeinflussen könnte. Sein Schweigen hatte ihr das Herz gebrochen, und sie fragte sich, ob sie von ihrem Vater beeinflusst wurde, jede engere Beziehung zu beenden, oder ob beide tatsächlich versuchen würden, sich über ihn lustig zu machen, weil sie ihn für unfähig hielten, die beschwerliche und gefährliche Arbeit auszuführen, die sie hatte getan. MwSt.

Der Morgen des ersten Sonntags, von dem Tag an, an dem er seinen aggressiven Brief abschickte, brachte für ihn eine unerwartete Antwort und eine noch weniger erwartete Überraschung.

Fred, der sich nicht entschlossen hatte, in die Stadt zu gehen, aus Angst, seinen Gleichmut zu verlieren und wieder mit einer anderen Liebesszene wie der aus der

Nacht von einst zurückzufallen, war im Hof und ging über ein paar Kerle hinweg, als er ihn erwischte der Trab eines Pferdes, das ging. Er näherte sich, und, von einem möglichen Besuch überrascht, gab er seine Arbeit auf und schaute neugierig auf das Tor des Zauns.

Ein imposant aussehender Reiter blieb vor ihr stehen und fragte, ohne abzusteigen:

„Ist das die Ranch „Cruz Alta"?

"Es scheint so, Freund." Was kann ich für Dich tun?

„Ist Mr. Raines dabei?

"Je nachdem, wofür es ist."

"Ich habe einen persönlichen Auftrag von Mr. Big."

Fred musterte den Gast, der seltsamerweise keine Waffe am Gürtel trug, neugierig und fragte:

„Irgendein Brief zufällig? "

"Nicht. Die Provision ist persönlich.

„Und nicht" übertragbar? fragte Fred sarkastisch.

William, denn er war der Neuankömmling, sah ihn verächtlich von oben bis unten an und antwortete:

"So viel, nein." Ich kann es Ihnen weitergeben, aber nachdem Sie versucht haben, es Mr. Bud zu geben, falls er nicht in der Lage ist, es zu erhalten.

Fred fing die bedrohliche Miene der Antwort auf und antwortete, einen Trick erratend:

"Für mich riecht es, dass Sie kommen, um die Kinder roh zu essen, und wenn ja, sind Ihre Zähne leider noch zu milchig dafür." Wie auch immer, hier wird alles empfangen und alles zurückgegeben ... sogar mit Einnahmen. Werden Sie den Revolver aufbewahren, bis Sie die Angelegenheit mit Mr. Bud besprochen haben?

„Hast du Angst, getötet zu werden?

"Nein, es ist zu Ihrer eigenen persönlichen Sicherheit." Du könntest ihm zu sehr vertrauen und...

"Ich habe keine Waffen." Sie können mich registrieren.

"   Bravo! Sie kommen nur mit Fäusten bewaffnet. Ich bewundere deinen Mut wirklich. Ich möchte, dass der Chef mir später das Vergnügen gibt, mit Ihnen zu sprechen.

"Wenn das Ihr Wunsch ist, biete ich mich mit oder ohne Erlaubnis Ihres Arbeitgebers dazu an."

"Aber sehr dankbar ..."

"Was?

"Nichts. Dass ich befürchte, dass ich es nicht rechtzeitig zum Bankett schaffe. Warten Sie ein bisschen, ich werde es Sie wissen lassen.

Fred ging sehr amüsiert in das Büro, in dem Bud arbeitete, und legte seine Hand auf das Buch und warnte:

"Legen Sie Ihren Stift weg und ziehen Sie Ihre Schuhe an." Da unten hast du einen Boten von Bigs Ranch.

„Was hast du, einen Brief? fragte Bud und stand schnell auf.

„Nein, mein Sohn; aber bringen Sie ein paar Fäuste mit, die einen sechsjährigen Bullen niederschlagen können.

„Was meinst du damit, Fred?

"Dass er den Befehl überbringen soll, Ihren Brief mit den Fäusten zu beantworten." Er kommt ohne Waffen, ein Zeichen dafür, dass Big ihn belehrt hat, wie gefährlich es wäre, mit "Colt" in der Hand mit dir umzugehen; aber stattdessen ist er prahlerisch und aggressiv und spricht von persönlichen Aufgaben, die auf mich übertragbar sind, wenn Sie sie nicht erledigen können.

Amüsiert machte Bud mit seinen muskulösen Armen ein paar Liegestütze, zündete sich seine Pfeife an und stieg in den Hof hinab, wo der Herkules William neugierig auf Buds Anwesenheit wartete.

Dies, phlegmatisch, wandte sich an ihn und sagte:

"Guten Morgen Freund. Mir wurde gesagt, dass Sie von Mr. Big einen ganz persönlichen Auftrag für mich haben.

"So ist es.

"Gut. Nun, Sie werden sagen.

"Die Aufgabe besteht einfach darin, dich auf den Ton eines bestimmten Briefes, den du ihm geschickt hast, ordentlich zu verprügeln und ihn dann über den Sattel zu tragen."

"Nichts mehr?

"Nichts mehr."

"Sie haben Sie für die Arbeit im Voraus bezahlt, nicht wahr?"

"Nein, aber das stört mich nicht."

"Das tue ich, denn es wäre schade, wenn du mit einer Handvoll Zähne weniger zurückkommst und sie dir dann die zwanzig Dollar verweigern, die dir dieser Geizhals angeboten hat, mit denen du nicht einmal deine Zähne erneuern müsstest."

"Das ist nicht Ihr Konto." Also erwarte ich Ihren Befehl, Sie zu verprügeln, wenn Sie dazu bereit sind.

"Für meinen Teil können wir sofort anfangen." Ich habe mich nur darauf gefreut, eine kleine Übung zu machen, die mich dazu bringen würde, etwas zu essen ... Findest du diese Seite gut?

"Ich bin ihm gleichgültig."

"Ich auch. Er warnte Sie, falls Ihnen die Terrassenfliesen zu hart für Ihren Kopf sind ...

„Glaubst du, deins hält dem Schlag stand?

"Ich habe mir nicht die Mühe gemacht, darüber nachzudenken." Ich beabsichtige nicht, die Härte seines Inhalts zu testen.

„Das werden wir sehen. Jederzeit, Mr. Bud.

"Sie können beginnen, wann Sie möchten, Sir ..."

"William, mein Name ist William Polk."

"Okay, schreib den Namen auf, Fred." Sie benötigen es für das Gerichtsstandsregister und um die übliche Krone bei ihm zu bestellen.

"Wow, noch zwei Dollar auf der Rechnung!" Big wird bei diesem Tempo ruiniert.

Bud bereitete sich auf einen der härtesten Anfälle vor, die er je erlitten hatte. Er verachtete weder die Stärke seines Feindes noch die rauen und dicken Fäuste, die er zeigte, und das Vertrauen, das er im Erfolg zeigte. William muss ein professioneller Kämpfer sein, der es gewohnt ist, mit harten Männern umzugehen, und obwohl er sich auch auf seine Fäuste und die geschickten Lektionen verließ, die Fred, sein Lehrer, ihm gegeben hatte, wusste er, dass er seine ganze Seele in den Kampf stecken musste, wenn er wollten sich nicht sehen. dieser Brutalität ausgesetzt, die gewissenhaft den Befehl ausführte, den sie ihm gegeben hatten.

Er vertraute den ganzen Erfolg seiner Flexibilität von Beinen und Taille an, was er wusste, dass es besser sein würde als sein Rivale, und begann den Kampf mit einigen Drohungen im Gesicht, ohne die Absicht, sie auszuführen und sich nur an der Kampffähigkeit seines Rivalen zu orientieren und Taktiken, die er anwenden wollte.

Bald war er überzeugt, nur einen großen und starken Mann vor sich zu haben, fausthart, widerstandsfähig gegen die Bestrafung und blind für den Schlag; aber er hatte keine Schule, um seinem Gegner auszuweichen und ihn zu brechen, und das beruhigte ihn.

Er würde ihn müde werden lassen und ihn zwingen, für sein Gewicht zu viel Beweglichkeit zu verwenden, und wenn er ihn gebrochen hatte, würde er sich dem Angreifer widmen, mit all der Aggressivität und Lebendigkeit, die er besaß.

Innerhalb von zehn Minuten nach dem Kampf keuchte William wie ein gejagter Ochse. Bud hatte ihn gezwungen, bei sehr geringer Leistung zu viel von seinen Beinen und Armen einzusetzen, und ihm wurde klar, dass es nicht so einfach war, diesen flexiblen Gegner zu besiegen, wie er es sich vorgestellt hatte.

Es stimmte, dass er es geschafft hatte, Buds Gesicht ein paar Mal zu berühren, was ihn aus einem Ohr bluten ließ und sogar regelmäßig auf seine Schulter geschlagen hatte, ohne die geringste Liebkosung zu erhalten, aber das war nicht genug und er musste seine Kraft aufwenden zu ihm voll. Faust irgendwo lebenswichtig auf deinem Körper.

Er suchte nach einer Möglichkeit, sein Gesicht zu zerschmettern oder eine Faust in seinen Bauch zu schlagen, als Bud auf ein Zeichen von Fred, der den Kampf ruhig beobachtete, zum Gasthaus eilte und, bevor sein Feind Zeit hatte, den Angriff zu antizipieren, hatte eine riesige Direktion in den Mund bekommen, die ihn zwang, Blut zu spucken, vermischt mit ein paar Flüchen aus dem besten Cowboy-Lexikon.

Fred, der bei dem großartigen Schlag eine anerkennende Geste begonnen hatte, warnte:

"Vorsicht, Knospe;" lasse einen Zahn an seiner Stelle, damit ich später etwas habe, wo ich mich ablenken kann. Der Herr hat mir galant versprochen, ein wenig mit mir zu üben, wenn ich Sie außer Gefecht setze, und wenn Sie noch so einen direkten Antrag stellen, werde ich nicht mehr finden als das Los.

William biss sich auf die Lippe und brüllte:

"Ich werde euch beide rückgängig machen, ihr dreckigen Schweine!" Du hast immer noch nicht gesehen, wozu ein Mann wie ich mit seinen Fäusten fähig ist.

"Nicht; Wir haben es nicht gesehen ... wir werden es auch nicht sehen und es wird eine echte Schande ... für Sie sein.

Der Aufseher, wütend über diese Stiche, versuchte in einem verzweifelten Angriff, Buds Wachsamkeit zu brechen, indem er auf seinen Boden trat. Der junge Mann wich der Taktik mit einem Sprung aus und seine rechte Faust wurde in ein Auge seines Gegners genagelt, der seine Hände hob, um sein Gesicht zu schützen, und sofort einen weiteren Schlag auf den Bauch erhielt, der ihn zwang, sich nach vorne zu beugen. ein dritter von unten nach oben und quetschte sich fürchterlich die Nase.

Der Cowboy, verletzt, schmerzerfüllt, von Blut geblendet und von den Schlägen erzürnt, verlor seine Fassung und warf sich blind, als ob seine Arme mechanisch bewegte Mühlenmesser wären, auf absurde Weise auf Bud und präsentierte sein Gesicht den Schlägen, die der andere wollte verwalten, ohne dass es ihm gelang, einen definitiven Antrag zu stellen.

Und so wurde er in fünf Minuten mit völlig geschwollenem Gesicht bewusstlos.

Ein letzter Schlag, der ohne Hindernis auf das Kinn ausgeübt wurde, ließ ihn für einige Stunden einschlafen, und als er seinen Körper auf dem Boden fand, schwitzte Bud, der wie ein Verdammter schwitzte und seine Arme von dem Gewicht nicht mehr halten konnte er spürte sie, wischte sich den Schweiß von der Stirn und rief:

„Was für ein Stück Elefant! Ich dachte, ich würde ihn nicht in meinem Leben beenden!

„Ja, es war ein Knochen, Bud", sagte Fred.

"Aber es war sehr nützlich für dich, mit ihm umzugehen." Sie müssen bedenken, dass viele davon auf Sie fallen können und Sie müssen trainiert werden, damit umzugehen.

„Whoa! Als erster dieser Mastodon, der sich wieder mit Bravo rühmte, beendete ich das Rennen mit Schüssen. Ich wurde mit dem "Colt" in der Hand geboren, und das ist meine Stärke.

"Nun, Liebling." Was machen wir jetzt mit dieser Kröte?

"Was? ... Warte, ich erzähle es dir gleich. Bereiten Sie Ihr Pferd und seines vor.

Bud ging in sein Büro und schrieb einen kurzen Brief, den er in einen Umschlag steckte, dann ging er hinunter auf die Terrasse und sagte zu Fred:

"Bitte überqueren Sie ihn im Sattel und reiten Sie auf Ihrem Pferd." Steck den Brief in seine Tasche und führe ihn zur Tür von Bigs Ranch. Ich möchte sichergehen, dass er und der Brief ihr Ziel erreichen.

Fred kräuselte auf Befehl seine Lippe und rief:

"Hey, was habe ich dir angetan, um diese Strafe auf mich anzuwenden?" Ist Ihnen aufgefallen, dass es von hier bis zum Grand Canyon etwas mehr als hundert Meilen in gerader Linie sind?

"Als ob es zweitausend wären." Ich möchte, dass Sie sehen, wie ich Ihren Schützen eingestellt habe, damit er Sie nicht lügt, und darüber nachdenken, bevor Sie den Test wiederholen.

Fred fesselte resigniert Hände und Füße an den Vorarbeiter für den Fall, dass er auf der Straße reagierte und grummelnd seine Vorbereitungen zum Aufbruch traf.

KAPITEL X

BIG URDE EIN ZU GEFÄHRLICHES PROJEKT

Einige Tage später war Big in Begleitung seiner Tochter, die sich über das Geländer der Ranch beugte und die von einem wunderschönen Sonnenuntergang verschönerte Landschaft betrachtete, als der Rancher seinen Blick auf das Tal richtete, auf den Weg, der zur Ranch führte, und ausrief :

„Was zum Teufel bewegt sich da herum? Es sieht aus wie ein Pferd ohne Sattel.

Nancy folgte mit ihren Augen der Richtung des Arms ihres Vaters und antwortete:

"Es scheint. Es ist ein Pferd, das etwas auf dem Rücken tragen muss. Ich sehe wie ein Sack, der an den Flanken hängt.

Sie warteten voller Neugier, bis das Pferd, das in gutem Tempo vorrückte, genauer gezogen war. Dann fügte Big erstaunt hinzu:

"   Bei den Hörnern einer Kuh! Wenn Sie einen Mann tragen, der auf dem Stuhl gekreuzt ist.

Rasch stieg sie vom Geländer in den Hof hinab, und als sie das Zauntor öffnete, war das Pferd schon neben ihr stehengeblieben.

Big erkannte dann das Reittier von William, seinem Vorarbeiter, und als er sich dem am Rücken durchbohrten Bündel näherte, brauchte er nicht in sein Gesicht zu schauen, um zu verstehen, dass er sein Gesandter war.

Aber als er sich davon überzeugen wollte, erschauderte ihn das Entsetzen, als er sah, wie der Bürgermeister ein zerschmettertes und geschwollenes Gesicht, ganz voll Blut, sowie seine Kleidung präsentierte.

Wütend brach er in laute Schreie aus, in denen er darum bat, die Verwundeten zu versorgen und vom Koch zu helfen, und ein anderer schnitt seine Ligaturen durch und brachte ihn auf ein Bett, wo sie eine Notkur durchführten.

William, obwohl er unterwegs das Bewusstsein wiedererlangt hatte, verlor es wegen der Schmerzen und der schrecklichen Haltung, die er auf dem Pferd trug, wieder, und so war er, als sie ihn aufs Bett legten, eine träge Masse, die nicht in der Lage war um auch nur den geringsten Hinweis auf das Geschehene zu geben.

Der Peon zog ihn aus und entdeckte dabei unter seiner Kleidung einen an den Rancher adressierten Brief, den er eilig überbrachte.

Groß, gelb von der Galle, die er schluckte, riss den Umschlag auf und las:

"Herr Groß:

„Ich hätte nie gedacht, dass du so abscheulich bist, dass du zur Begleichung deiner Rechtsschulden Schläger als Handelsleute benutzt hast und noch weniger, dass du dein Gesicht wie Männer reserviert hast.

"Sie haben mir einen Bären aus den Schwarzen Bergen geschickt, damit er mir, anstatt mir die 6.311 Dollar zu zahlen, eine Prügel im Wert dieser Summe gibt; aber Sie haben mich weit unter meiner Stärke bewertet und ich hoffe, dass Sie von nun an geben werden ihnen ein Schlag, fairerer Wert.

„Ich gebe dir deine menschliche Dampfwalze zurück, weil sie mir keine guten Dienste geleistet hat. Wenn du wirklich willst, dass mich jemand eliminiert, schick mir ein halbes Dutzend davon, wenn die Angelegenheit mit Fäusten gelöst werden muss, oder ein halbes Dutzend bewaffneter Männer, wenn... wir müssen es mit Schüssen lösen.

"Ich dachte, ich hätte es ihm etwas vorzeigbarer zurückgegeben, weil ich verstehe, dass der arme Mann in einem Durcheinander ankommen wird, aber ich habe es nicht gewagt, weil das Budget für Arnika und Jod zu hoch sein würde der Rechnung hinzufügen, und ich bin nicht bereit, weitere Fortschritte zu machen.

"Und jetzt wissen Sie Folgendes: Entweder Sie zahlen, was Sie gesetzlich schulden, oder ich werde eine Hypothek auf der Ranch beantragen, deren Interessen auf Ihre Kosten gehen. Ich bin Ihr Industriepartner und Sie sind der Kapitalist, und deshalb ist es oben." an Sie, Geld für allgemeine Ausgaben beizusteuern.

"Warten auf Ihre schnelle Antwort, grüßen Sie,

"Bud Raines."

Big entfesselte einen schrecklichen Sturm von Beinamen über Bud und seinen Stammbaum, von Adam bis heute, aber Nancy, die sich über den Brief amüsiert hatte, unterbrach seine Wortwahl mit einer Warnung:

"Papa, ich habe dir schon gesagt, dass du eine weitere Enttäuschung riskierst." Du hast dich für stärker gehalten als Bud und dir die Knöchel gegen das Eisen brechen, wenn du auf ihn hämmerst.

"Nein, verdammt ihr Geist!" Großes Gebrüll. Ich habe nichts davon geglaubt. Was ich versuche, ist, die Dämpfe zu reduzieren und seinen Mut zu testen, aber es erweist sich als zu hart für mich und das ist meine Angst.

"Weil? Brauchten Sie eine Jungfrau, um das Ranchgeschäft zu führen? Waren Sie nicht überzeugt, dass man nur einen Mann wie Bud brauchte?

"Ja, und ich beschwere mich nicht darüber, aber ich beschwere mich über den Mangel an Respekt, mit dem Sie mich behandeln." Er muss erkannt haben, dass ich sein zukünftiger Schwiegervater sein werde und dass ich mehr Rücksicht verdiene, als er mir zukommen lässt.

„Welche hast du ihm gegeben? Sie ernten, was Sie gesät haben, und hören mir gut zu: Da es lange dauert, diese Angelegenheit zu lösen, fürchte ich, dass es am Ende keine Lösung geben wird.

"Gib mir die Formel, wenn du denkst, dass es so einfach ist."

"Mich? Habe ich vielleicht dieses Tiberium zusammengebaut, um es rückgängig zu machen? Dass du, du hast ein furchtbares Durcheinander angerichtet. Ich für meinen Teil sage Ihnen nur eines. Obwohl es dich stört, freue ich mich sehr über das, was passiert. Bud hat sich in dieser Angelegenheit so verhalten, wie er es sollte, und hat getan, was kein anderer an seiner Stelle getan hätte, um dies zu retten und mir eine fruchtbare Ranch aus einem Hornissennest zurückzugeben. Ich denke, es ist an der Zeit, diese Missverständnisse aufzuklären und die Dinge an ihren wahren Platz zu stellen, denn ich fürchte, dass ich in letzter Minute genauso urteile wie du und all das liebevolle Kartenhaus, das ich aufgezogen habe, zu Boden gehen wird ohne Begründung und für mein Unglück.

Big wurde wegen dieser Worte sehr wütend auf seine Tochter. Sie war nichts weiter als eine selbstsüchtige, die, anstatt ihm für das zu danken, was er versucht hatte, Buds Nägel zu schneiden und ihn in ein vernünftiges und vernünftiges Wesen zu verwandeln, seinen Teil dazu beitrug, ihn zu ermutigen und ihm zu erlauben, sich weiterhin in ein vernünftiges Wesen zu verwandeln Tier.

Sie diskutierten heftig darüber, als der Koch den Besuch von Laurence Raft, dem Rancher, ankündigte.

Nancy stand wütend von ihrem Sitz auf und sagte:

"Du grüßst ihn, Papa." Ich bin dieser Typ durch und durch.

Groß, begierig, sie zu ärgern, sagte:

"Nun, nicht ich." Ich habe erkannt, dass er der ideale Mann für dich ist und ich bedauere, dass ich diesem anderen Typen Flügel verliehen habe, um dich zu umwerben. Ich denke, Sie sollten ein wenig darüber nachdenken und die Situation studieren. Floß ist ein reicher Mann, freundlich, verständnisvoll ...

„Und albern und lächerlich", rief sie aufgeregt. Der Mann, der eine Frau umwirbt, eine andere überrascht, indem er sie küsst und der, nachdem er sich von ihm verprügeln lässt, darauf besteht, dieser Frau den Hof zu machen, hat keine Würde.

Big, böswillig, antwortete:

„Was wissen Sie darüber? Glaubst du, wenn Raft Bud wieder treffen würde, um deine Zuneigung zu bestreiten, würde er sich so dumm besiegen lassen? Nun, nein. Ich bin mir sicher, es würde sein Gesicht zu Brei machen und ihm die Tyrannendämpfe für immer abschneiden.

„Wer, Floß? fragte sie abweisend. Ich würde meine Seele darauf wetten, dass nein.

"Ja? Nun, ich mache Ihnen einen Vorschlag, um Ihnen zu zeigen, dass Ihr Idol Füße aus Lehm hat.

"Welche? fragte Nancy trotzig.

"Ich weiß, was kommt." Er ist immer noch wahnsinnig in dich verliebt und besteht jeden Tag darauf, dass ich ihn grundsätzlich als Schwiegersohn akzeptiere, damit er ohne Einschränkungen mit dir schlafen kann. Ich werde vorschlagen, dass er Bud von deinem Weg entfernt, und dann werde ich kein Problem damit haben, ihm meine volle Autorisierung zu erteilen, dich offiziell zu lieben.

Nancy lachte nervös und antwortete:

„Und du denkst, es ist so dumm, dass ich es akzeptiere?

"Warum nicht? Sie verkennen Laurence. Er ist ein sehr tapferer Junge...

"Denkst du? Nun ... ich akzeptiere. Lassen Sie ihn versuchen, auf die Ranch zu gehen, um zu holen, was dieser Bär William nicht bekommen hat, und wenn er den Mut dazu hat und er siegreich zurückkommt, werde ich resignieren; aber es versteht sich von selbst, dass ich nicht möchte, dass Sie mir die Schuld geben, wenn er es Ihnen in Partikeln zurückgibt.

"Keine Sorge, so etwas wird nicht passieren." Laurence wird der Mann sein, der es versteht, die Demütigungen zu rächen, die mir dieser unhöfliche Typ zugefügt hat, und der deutlich macht, wer er wirklich ein Mann ist.

Nancy verließ achselzuckend das Büro ihres Vaters. Sie war so überzeugt, dass Raft nicht nur scheitern würde, sondern auch schreckliche Schläge einstecken würde, dass sie nicht daran dachte, welche Verpflichtung sie eingegangen war, als Laurence Bud besiegen konnte.

Big gab den Befehl, Raft hereinzubringen. Der schneidige und gutaussehende Mann, der ein sehr elegantes und explosives Outfit trug, das ihn zum Western-Cowboy-Dandy machte, betrat das Büro entschlossen und entschlossen.

Big musterte ihn zweifelnd von Kopf bis Fuß. Er war kein schlechter Kerl; Er erwies sich als stark und hart gebaut, aber neben William war er ein Federgewicht, und doch hatte Bud den starken Vorarbeiter wunderbar geschlagen. Aber Big, der Psychologe war und zusätzlich zu einem hinterhältigen und schelmischen Charakter, hatte ganz andere Projekte als die, die er seiner Tochter vorgestellt hatte.

Sie lehnte Bud nicht ab, noch hegte sie irgendeinen Groll gegen ihn, außer dem, den sie für so stolz und unbezwingbar hielt. Im Übrigen bewunderte er seine Qualitäten: Witz, Aggressivität und Stolz und hielt ihn für einen geschätzten zukünftigen Schwiegersohn.

Aber es gab noch etwas, das er liquidieren wollte, ohne sich als veränderlicher Mann und nicht sehr fester Überzeugungstäter auszusetzen.

Vor langer Zeit, bevor Bud als Meteor in der Geschichte der Ranch auftauchte, hatte Big mit Laurences Vater einen halben Kompromiss eingegangen, um eine mögliche Bindung zwischen ihren Kindern zu harmonisieren. Es schien, dass dies ein Geschäft für beide und etwas sehr nützliches für alle war, weil es die beiden Vermögen vereinen und das Paar zu einer idealen Ehe machen würde.

Big zögerte nicht, die Idee grundsätzlich zu akzeptieren, zumal es unter den jungen Männern, die im Grand Canyon hervorstechen konnten, nur sehr wenige gab, die die von ihm gewünschten Bedingungen für seine Tochter erfüllen konnten, aber er achtete gut darauf, sie in Sicherheit zu bringen . Nancys Testament, das sie nicht für etwas so Ernstes wie eine Heirat erzwingen konnte.

Zuerst fand er Raft nett und freundlich, aber allmählich begann er ihn nicht zu mögen. Er war zu anmaßend, ein wenig wankelmütig, eher ein Freund davon, auf Partys und Rodeos zu prahlen, als seine Knochen in den Sattel des Pferdes zu hämmern und Vieh zu verbinden, um es zu markieren, und er sagte sich, dass dies für einen Rancher in seinem Schule.

Die Weiden müssen von ihrem Besitzer gepflegt und bewacht werden und wenn nicht, arbeiten weder die Arbeiter im Glauben, noch sind die Rinder sicher, denn die Viehzüchter finden immer eine offene Lücke, um den Stacheldraht zu durchtrennen, wenn sie wissen, dass das Auge des Herrn es tut die Ranch nicht behalten.

Wenn etwas fehlen konnte, um sich nicht von dem jungen Mann überzeugt zu fühlen, wurde es durch die Szene im Innenhof in der Nacht hervorgehoben, in der Bud diese souveräne Prügel verabreichte und die kleine Würde, die später gezeigt wurde, indem er weiterhin in Nancy verliebt und bereit war zu heiraten obwohl sie wusste, dass ein anderer Mann ihren Weg mit der Möglichkeit des Erfolgs gekreuzt hatte und eine Handlung beging, die ihn, ohne von ihr zurückgewiesen zu werden, an einem lächerlichen Ort zurückließ.

Big begrüßte Laurence herzlich und fragte:

„Was ist los, liebes Floß? Wo gehst du um diese Nachmittagszeit so anmutig?

"Nur um Sie zu sehen, Mr. Big."

„Oh, für mich, weil ich mir nicht die Mühe gemacht habe, ein paar Stunden vor dem Spiegel zu verschwenden. Uns Viehzüchtern geht es besser, je mehr wir nach Rindfleisch riechen.

„Ja", lächelte Raft, „aber obwohl ich zu Ihnen komme, komme ich nicht zu Ihnen …"

"Verstanden. Das rechtfertigt vieles. Nun, mein lieber Freund, was bringst du gegen mich?

Laurence hustete, um seine Stimme ein wenig zu klären, und sagte:

"Nun, wirklich, in deiner Nähe auf etwas zu bestehen, über das wir schon ein paar Mal gesprochen haben, aber diesmal ernsthafter." Heute Morgen habe ich mit meinem Vater Eindrücke ausgetauscht und er hat mich ermutigt, mit ihm zu sprechen und sich an bestimmte Gespräche zu erinnern, die Sie beide vor einiger Zeit geführt haben.

"Jetzt! … Ich erinnere mich, dass wir über gewisse Extreme gesprochen haben, aber Sie werden verstehen, dass ich nur meinen Willen habe, nicht aber den meiner Tochter.

"Natürlich, natürlich! Aber du bist schwer.

„Fünfundachtzig Pfund mehr oder weniger", sagte der Rancher ernst.

"Ich meine, dein Rat wiegt schwer." Wenn Sie Interesse daran zeigen … vielleicht entscheidet sich Nancy und …

Big startete den vollen Angriff und antwortete:

"Hör zu, Laurence." Ich habe mich an meine Gespräche mit deinem Vater erinnert und versucht, Nancys Geist auf dich zu lenken. Irgendwann dachte ich, es sei entschieden, aber etwas Unvorhergesehenes kam und …

„Ich weiß, was du meinst", unterbrach Raft und verzog das Gesicht, „aber das scheint passiert zu sein." Zu seinem Glück war Bud abwesend und Nancy scheint seine Abwesenheit nicht sehr ernst genommen zu haben.

„Nicht gerade Ihre Abwesenheit, aber Sie kennen bereits Frauen, vor allem solche aus dem Westen; Sie sind beeinflussbar, sie verlieben sich in männliche und tapfere Männer, sie bewundern sie für ihre Aura von unschlagbaren Männern und sie lassen ihre Liebe eher zur Bewunderung als zum Gefühl der Zuneigung selbst neigen. Meine Tochter ist da keine Ausnahme, und ich kann nicht schwören, dass Bud keine Spuren in ihrem Geist hinterlassen hat. Es ist jedoch etwas passiert, das die Situation in einen angespannten Moment versetzt, und vielleicht kann jemand, der weiß, wie man sie ausnutzt, diesen schrecklichen Schützen ausnutzen.

"Nicht dieser Schütze, nicht so schrecklich, Mr. Big." So einen Mann gibt es im Westen zu Dutzenden.

"Dann ziehst du es mir besser an." Tatsache ist, dass Nancy, wie Sie wissen, eine Ranch in Whitebills geerbt hat, deren Ranch ein Igel war, es gab keine Möglichkeit, sie zu erreichen, ohne ihre Federn zu stechen. Ich habe Bud mit der gesunden Absicht dorthin geschickt, sich selbst zu stechen, aber er muss geschickt genug gewesen sein, seine Haut von der Liebkosung der Stacheln zu befreien, und dies hat ihn so stark wachsen lassen, dass er unhöflich und unerträglich geworden ist.

"Er zeigt kein Lebenszeichen, er gibt keine Rechenschaft über seine Taten und als ich ihm verärgert einen Brief im Namen meiner Tochter schickte, in dem ich ihn aufforderte, seine Verpflichtung zu erfüllen, antwortete er so grob, dass Nancy durch die Decke gegangen ist und mit Recht.

"Um ihn zu bestrafen, habe ich beschlossen, einen meiner Bauern zu schicken, der versprach, ihm eine ordentliche Tracht Prügel zu verpassen, aber ... Sie wissen, was bezahlte Leute sind. Er nahm es mit wenig Hitze und ... das Ergebnis war has dass er, anstatt das Schaffell zu verprügeln, verprügelt wurde.

„Ich kann diesen Zustand nicht ertragen und habe mich entschlossen, auf die Ranch zu gehen, um mich darum zu kümmern, aber ich vermute, dass es nicht so einfach wird. Ich bin schon viele Jahre alt und weder meine Beweglichkeit noch meine Widerstandskraft sind da mit einem mutigen jungen Mann, aber ich habe keine andere Wahl, als mich zu entlarven. Nancy will nicht und ist so verzweifelt, dass ich positiv weiß, dass wenn ein Mann mit Mut auftaucht, der in der Lage ist, ihn ordentlich zu schlagen und zu erniedrigen die Dämpfe, oh, dieser Mann würde viel Vieh haben, um ihre Liebe zu gewinnen.

Big hatte schlau den gewünschten Punkt erreicht. Der Ballon war gestartet, und nur noch der junge Mann, eingebildet und töricht, musste ihn aufheben.

So war es. Floß stand mit feurigen Augen und einer Geste unerträglichen Stolzes auf und sagte:

„Wann sollen wir auf die Ranch gehen, um diese Angelegenheit zu regeln?

Big tat so, als sei er überrascht und sagte:

„Nein, nein, Floß! Ich möchte Sie nicht dem Scheitern aussetzen. Es würde mich verletzen, wenn Ihnen dies als Vorwand dienen würde, den Boden zu verlieren, den Sie im Herzen meiner Tochter gewonnen haben. Denken Sie, wenn Sie in diesen Höhepunkten besiegt würden, würde sie Sie verachten, weil sie Hoffnungen gemacht hat, die sie nicht wirklich haben kann.

"Nun, ich weiß dein Interesse zu schätzen, aber ich weiß, dass ich keinen kürzeren und geraderen Weg als diesen habe." Auf der anderen Seite habe ich eine Schuld gegenüber Bud zu begleichen und ich bin unendlich glücklich, dass sich diese Gelegenheit bietet, sie abzubezahlen und gleichzeitig das zu nehmen, was ihm auf der Welt am meisten weh tut. Ich bin entschlossen und werde gehen.

 "Nun, ich möchte nicht, dass Sie glauben, dass ich Ihnen die geringste Chance nehmen möchte, das zu bekommen, was Sie verdienen, aber ich bestehe darauf, dass der Test für Sie sehr gefährlich ist."

"Und ich weiß Ihre Andeutungen zu schätzen, aber ich denke, ich bin mir des Triumphs sicher." Vergiss nicht, dass dort, wo ein Mensch ist, ein anderer entsteht.

"Das ist sehr wahr."

"Also hoffe ich, dass du mir sagst, wann der Marsch ist."

"Nun ... sagen wir in drei Tagen." Ich muss noch einige Vorbereitungen treffen.

"Nun, ich bin glücklich und ich komme hierher." Wenn Sie mir gestatten, werde ich mich jetzt mit Nancy unterhalten.

"Ich glaube, du bist heute in einer schlechten Zeit." Nancy hat wegen des Briefes dieses Mannes schreckliche Kopfschmerzen und Sie werden verstehen, wie nervig es für sie wäre, über Dinge zu sprechen, die nichts mit ihrer Situation zu tun haben. Ich denke, du würdest es für morgen lassen, ich nehme es als selbstverständlich an.

"Nun, wenn du denkst, dann bestehe ich nicht darauf."

Raft verabschiedete sich von Big, versprach, seinen Wunsch nach Rache zu befriedigen, und zog sich sehr glücklich von der Gelegenheit zurück, die sich ihm bot, Nancy zu entscheiden. Seine ausstehenden Schulden gegenüber Bud mussten befriedigt werden, und er war kein Mann, der solche Vergehen vergaß.

Auf der anderen Seite war Nancys Liebe das Opfer wert, und er war so leidenschaftlich in das Mädchen verliebt, wie Bud nur sein konnte.

KAPITEL XI

EINE PARTEI UNTERBROCHEN

Boshaft überglücklich begann Big mit den Vorbereitungen für die Reise nach Whitebills. Auf dieser Reise würde er viele interessante Dinge gelöst lassen, obwohl er sich auch bewusst war, dass er ein Interview führen würde, das zu sauer war mit dem Pulver seines Vertreters, dessen Nerven und Stolz niemand auf der Welt fähig war des Brechens.

Am schwierigsten war es für ihn, seine Tochter davon zu überzeugen, ihn zu begleiten. Nancy freute sich darauf, wieder mit Bud zusammen zu sein, aber nach allem, was passiert war, hatte sie Angst vor dem ersten Treffen, das nach hinten losgehen konnte, wenn Bud so wütend auf sie war wie auf seinen Vater.

Big vergeudete all die Beredsamkeit, die er zu überzeugen vermochte. Wenn die junge Frau Bud wirklich liebte, wenn sie bereit war, sich von Rafts Fleiß zu befreien und Raft von ihrem Weg abzubringen, und wenn sie wollte, dass sich die nervöse Spannung zwischen Bud und ihnen auflöste, sollte sie der Reise zustimmen, denn wenn jemand es war Er sollte sich wie ein Diplomat verhalten, niemand ist besser geeignet als sie, um Buds Sturheit zu überwinden.

Das empörte Nancy und sie antwortete:

„Was ist jetzt deine Idee, Dad? Dass ich dich vor dieser lächerlichen Haltung rette, die du zu deinem eigenen Vergnügen eingenommen hast?

Der Rancher kratzte sich verwirrt am Kopf und antwortete:

"Nun, vielleicht hast du damit recht." Ich fühle mich in seiner Beziehung nicht sehr wohl, aber Sie dürfen nicht vergessen, dass alles, was ich getan habe, um Ihre Interessen zu verteidigen und einerseits zu stimulieren und andererseits diesem wilden Fohlen, wilder als alle, die Zügel zu ziehen than die Hengste, die er in den Bergen gejagt hat.

„Das ist alles sehr gut, aber damit zeigst du mir nur, dass all die guten Dinge, die du als Rancher hast, als Politiker schrecklich sind. Ich werde die Hauptlast der Schlägerei tragen müssen, wenn ich meine Beziehung zu Bud nicht aus dem Fenster werfen will, und falls etwas fehlt, übernehme ich jetzt auch die Verantwortung für das, was passiert zu diesem kretinen Floß.

„IOh! ... Nicht das. Fürs Protokoll, ich habe Sie voll und ganz vor dem Risiko gewarnt, dass Sie sich wie ein Held fühlen. Wenn sie dich wegen dir zum Zahnarzt schicken, mach weiter.

"All das, wenn man sich darauf verlässt, dass Bud ihn verprügelt." Haben Sie schon einmal darüber nachgedacht, was sonst passieren würde?

"Natürlich ist es das, aber das ... wäre keine ernste Sache."

"Wie nicht? Es wäre schwer für mich, mich endgültig von Bud zu trennen, denn es wäre unwürdig, ihn von dieser Puppe gedemütigt zu sehen. Sie müssten ihn Gott weiß wie entschädigen für alles, was er auf der Ranch getan hat, und Sie würden mich Raft verloben, der zu Recht von mir verlangen würde, ihn zu heiraten.

"Nicht das! Ich habe nur versprochen, zuzustimmen, dass er Sie offiziell belagert. Was ich ihm nicht versichern konnte, war, dass Sie ihn heiraten würden.

"Mehr hätte ich nicht verpasst." Wie auch immer, Sie haben einen schlechten Job gemacht. Sie bringen Floß zum Schlachthof, wie es vulgär heißt, und das ist nicht sehr edel.

"Nun, das wird es nicht sein, aber denkst du nicht, dass er es verdient hat?" Er belästigt mich und dich immer wieder und irgendwie muss ich es anklagen.

„Hast du nicht gedacht, dass sie aufgrund des Hasses, den sie bekennen, diese Frage mit Schüssen klären können?

„Wow, das ist es nicht! Aber ich werde es nicht zulassen.

Es wäre zu viel. Ich rede mit Raft und warne ihn, dass ich keine Schüsse will. Sie würden ihn nicht mit blutbefleckten Händen haben wollen.

"Sag ihm, dass ich ihn in keiner Weise lieben werde und er wird edler sein."

„Das nie. Dieser Moment ist vorbei.

Nancy wollte gerade sagen, dass sie es tun würde, aber als sie erkannte, dass sie einen Aufruhr verursachen würde, hielt sie sich zurück.

Um die Reise weniger beschwerlich zu machen, hatte Big seinen Auftritt vorbereitet, und der Einfachheit halber ließ er sich von einem der Arbeiter zu Pferd begleiten, der die graue Jackfrucht an seinem Zaumzeug festgebunden hatte, die Nancy auf ihren täglichen Spaziergängen ritt.

Nancy hatte vor, mit ihrem Vater allein auf die Ranch zu gehen, musste aber in letzter Minute den Bitten von Rosa, ihrer Zofe, zustimmen, die, obwohl sie nichts über den wahren Grund sagte, der sie zu dieser Reise sehnte, geneigt war gegenüber Fred und ich freute mich auch schon darauf, ihn wiederzusehen.

Eines Morgens begann die Prozession, zu der Floß hinzugefügt wurde. Es schien, als würde er die Neue Welt erobern, und wenn er nicht eine Armee von Spähern anführte, um ihn zu begleiten, dann musste es daran liegen, dass ihre Zahl nicht so viel von sich gab.

Sehr stolz und stolz hielt er sein Pferd an einer Seite des Gigs und sein Lächeln war wie ein Schnörkel, der dem Rosensäen auf dem Weg der jungen Frau gewidmet war.

Dies, ernst und selbstverliebt, ließ sie viel weiter denken, als Raft vermutete. Nancy fragte sich verzweifelt, wie Bud sie willkommen heißen würde und in welcher Situation sie sich für die Zukunft befinden würden.

Aber Laurence, eingebildet und stolz, glaubte, dass das Mädchen sich nur um das Ergebnis ihres nächsten Kampfes mit Bud kümmerte und wagte sogar zu unterstellen:

"Mach dir keine Sorgen mehr, Nancy, du wirst sehen, wie alles zu deiner Zufriedenheit und ohne Gewalt gelöst wird."

Sie sah ihn endlos an. Er hatte ihn immer für ein Wesen gehalten, das mit sehr wenigen Lichtern ausgestattet war, aber er hatte ihn nie für so leichtfertig und bewusstlos gehalten und er sagte sich in seinem Herzen, dass eine neue und endgültige Prügel sehr gut verdient war, damit er lernen würde, die Dinge des Lebens mit etwas mehr Realismus und Menschlichkeit.

Dieser Gedanke ließ sie ihre Absicht, mit ihm zu sprechen, aufgeben und ihn zwingen, auf eine Handlung zu verzichten, die ihr nichts Gutes bringen würde. Jeder musste genießen, was gut verdient war und Raft hatte kein Recht, mehr zu verdienen, als er selbst suchte.

* * *

Es war Mitte Oktober. Der Herbst kündigte sich bereits an, beraubte die Bäume langsam von ihrem leuchtend grünen Schmuck und in der Ferne der felsigen Gipfel begann der Schnee sein Leichentuch zu weben und kündigte an, dass er ihn bald über das Tal verteilen würde. Morgens erschien das Wasser in den Teichen mit einer dünnen Patina aus Eis, die die Sonne sofort schmelzen konnte, und nachts wurden einige im Kamin brennende Holzscheite geschätzt.

Bud wurde an diesem Tag vierundzwanzig Jahre alt. Bud hatte es bis zu dem Tag, an dem er auf die Welt kam, vergessen, aber Fred war so freundlich, ihn mit keiner anderen Ermutigung daran zu erinnern, als ihn zu ärgern, indem er ihn sehen ließ, dass er alt war.

Bud beachtete die Warnung und arrangierte an diesem Tag ein außergewöhnliches Essen für seine Arbeiter. Sie aß mit ihnen im allgemeinen Schuppen, überreichte ihnen einen großen Apfelkuchen, den die alte Jungfer sorgfältig zubereitet hatte, gab ihnen nach dem Essen ein paar Gläser Schnaps und einige Zigarren, die sie im Dorf erworben hatte, und präsentieren sie sogar mit einigen. Lieder seiner Ernte, zum Takt einer neuen Gitarre, die er erworben hatte, um seinen melancholischen Momenten Luft zu machen, als die Erinnerung an Nancy in seiner Seele überflutete und er sich an die schöne entscheidende Nacht seines Lebens erinnern musste, indem er das alte Lied sang, das änderte damit den Lauf seiner Existenz.

Die Cowboys, von Fred, der alles wusste, gewarnt, hatten beschlossen, ihm das Leckerli zurückzugeben, indem sie ihm etwas Praktisches gaben, und zusammen hatten sie einen prächtigen "Colt" mit Knochengriff erworben, auf dem der Name der bevorzugten Person eingraviert war.

Der Revolver war sorgfältig in einer Holzkiste aufbewahrt, in Baumwollblasen eingewickelt und mit Seidenbändern zusammengebunden, als wäre er etwas Subtiles und Zartes.

Folglich hatte Bud angeordnet, dass dieser Tag als Feiertag gilt, und außer ein paar Arbeitern, die die Weide bewachten und sich alle zwei Stunden abwechselten, damit alle das Fest genießen konnten, arbeitete an diesem Tag niemand.

Nach dem Essen und als es Zeit für die Toasts war, stand Fred mit dem Glas in der Hand auf und forderte Stille, stellte die Schachtel behutsam auf den Tisch und sagte:

„Es tut mir sehr leid, dass diese Bauerntiere in meiner Obhut mich beauftragt haben, genau derjenige zu sein, der sich für die Party bedankt und Bud Raines zu seinem Geburtstag gratuliert, und ich sage, dass es sehr schlecht schmeckt, weil ich ein a Mann so einfach nicht zu sprechen, dass ich fürchte, ich kann eine so schöne Tat verderben.

"Aber schließlich haben dieser Arsch und ich so oft gekämpft, dass selbst wenn wir es heute noch einmal tun, es nichts Besonderes hätte und es sich vielleicht sogar als würdiger Abschluss der Feier herausstellen könnte.

"Lieber Bud, ich habe die Aufgabe dieser guten Jungs, Ihnen ein kleines Geschenk, das sie gemeinsam erworben haben, in die Hand zu geben und es Ihnen als Symbol für Ihre Kämpfe und Ihre Bemühungen um den Wohlstand der Ranch zu widmen. Wenn sie gegangen wären nach meiner Laune, ich schwöre dir, dass ich dir statt dieses Dings, das dort eingeschlossen ist, ein Strumpfband oder ein Korsett gegeben hätte, weil ich verstehe, dass es dir am besten passt, angesichts deines zurückgezogenen Charakters, deiner angeborenen Schüchternheit und deiner Mangel an Mut, ein Pferd zu reiten, dich im Sattel fünfhundert Meilen zu verschlingen, dich auf die Ranch dieses kriechenden Juden namens Lou Big zu schleichen und seine Tochter Nancy auf den Hintern zu bringen, was deine Vorfahren und meine getan hätten, wenn sie sie getan hätten in dieser Zeit gelebt, in der wir uns alle rühmen, mutig zu sein und am EndeWir sind nur zahme Esel, die schnell gelernt haben, mit einem Revolver umzugehen, wie wir vielleicht gelernt haben, mit einer Sichel oder einer Harke umzugehen.

"Aber nun, da die Sache hoffnungslos ist, gebe ich Ihnen hier das Geschenk und ich werde mich für meinen Teil fragen, wann Sie bereit sein werden, es zu verwenden, damit die Leute nicht vergessen, dass Sie mit einem Colt geboren wurden "In Ihre Hand, da Sie anscheinend mit dem Gewicht der Waffe eingeschlafen sind.

Und fürs Protokoll, wenn Sie uns das erlauben, werden die Anmutigen an Ihre Stelle treten und wir werden Sie wie einen räudigen Frosch in den Teich werfen, damit Sie vor Ekel unter dem Schlamm sterben. Ich glaube, ich habe gesagt, was ich zu sagen hatte.

Ein Applaus begrüßte die unpassende Rede, und Bud, der ihm zwischen Belustigung und Ärger zugehört hatte, erhob sich mit einem Glas in der Hand und sagte:

"Meine Herren, die Rede von diesem Fred-Biest hat mich so bewegt, dass ich nicht weiß, ob ich ihm fünfmal in den Bauch schießen soll, damit er gut verdaut oder ihn umarmen soll, wegen des Interesses, das er nimmt mich."

"Man kann Menschen nicht an dem Tag kritisieren, an dem sie vierundzwanzig werden, ohne geheiratet zu haben, wenn der, der es tut, bereits fünfundzwanzig Jahre alt ist …

„Ich protestiere! rief Fred aus. Sie sind heimtückisch. Sie sammeln Jahre für mich und das ist ein Vorteil.

„Ich bestehe auf dem, was ich gesagt habe, und ich werde es bei meinen Fäusten behalten, wenn mir das oben Genannte zeigt, dass ich lüge. Auf der anderen Seite bin ich am meisten daran interessiert, ein so schönes Programm zu erfüllen, aber die Dinge waren nicht so einfach, wie dieser Esel denkt. Jedenfalls werde ich, um es Ihnen zu beweisen, das, was von mir verlangt wird, mit solcher Eile erfüllen. Vor einem Monat werde ich zum Grand Canyon gehen, um Miss Nancy zu suchen, und ich werde sie graduell oder mit Gewalt hierher bringen, aber wenn später die ganze Region Colorado in Schüssen brennt, werde ich diejenigen, die sich verirren, von diesem Barbaren finden lassen der glaubt, dass die Liebe wie Vieh ist, das von den Stärksten gestohlen werden kann.

Der Applaus unterbrach die Rede und Bud band fasziniert das Paket auf, bis er den Revolver entdeckte.

Er nahm es in die Hand, betrachtete es mit Vergnügen und ließ es in der Schachtel liegen, rief aus:

"Vielen Dank, Freunde, aber … ich möchte Gott bitten, mir nur zu dienen, um mein Büro zu schmücken und seine Qualität nicht am Fleisch eines Mitmenschen zu testen." Das Leben verändert die Gefühle der Menschen und ich, die ich dachte, nur geboren zu sein, um mit dem "Colt" in der Hand zu leben, geht es mir heute, wie Fred sagte, der mir vom Gewicht der Waffe zu schlafen scheint, sehr gut.

"Als ich eines Nachts auf unvorhergesehene Weise lernte, dass es einfacher ist, die Liebe und das Herz einer Frau mit dem Geklimper einer Gitarre und einem aus dem

Grunde der Seele geborenen Lied zu gewinnen, habe ich die Überzeugung gewonnen, dass es nicht mit der Revolver, dass man die schönsten Dinge der Welt bekommen, aber zerstören kann.

Fred kratzte sich über den Streit am Kopf und antwortete:

"Nun, du magst Recht haben, aber wenn du es nicht bekommst ... kannst du es behalten, was das Interessante ist."

Jemand tauchte mit der Gitarre am Schuppen auf, damit Bud ein Lied singen konnte, da alle ein großes Interesse daran hatten, und während Bud ihnen frönte, verließ Fred das Treffen, um sich die Weiden anzuschauen. Aber sobald er den Zaun verlassen hatte, kehrte er zurück wie eine Seele, die der Teufel schreiend trägt:

"Knospe! ... Knospe! ... Sie kommen! Sie kommen!

Der junge Mann, der ihn hörte und glaubte, es handele sich um einen neuen Angriffsversuch, rief nach dem Revolver und ging mit ihm in der Hand, gefolgt von seinen Männern, in den Hof und fragte:

"Wer kommt? Verdammt deine Figur, Spoiler!

„Wer wird es sein? antwortete Fred nervös. Dieser große Jude. Und es kommt nicht allein. Bei ihm sind Miss Nancy und diese Marionette Laurence Raft.

All die Freude, die ihn zu hören beschert hatte, dass Nancy kommen würde, war verbittert, als Laurence genannt wurde, und er steckte sehnsüchtig den Revolver in das Halfter und murmelte:

"Gut. Es zeigt sich, dass meine guten Absichten nutzlos sind. Jemand hat in das Buch meines Lebens geschrieben, dass ich mit dem "Colt" in der Hand sterben muss und es ihnen gelingen wird.

Er überquerte den Hof, trat aus dem Zaun und warf einen weiten Blick auf den Weg, der zur Ranch führte.

Die Gig wirbelte Wolken aus dichtem Staub auf und bewegte sich auf ihn zu. Vom Hang aus konnte er Bigs dicke und zufriedene Gestalt mit den auf dem Bauch verschränkten Händen und einem boshaften Lächeln auf den Lippen perfekt umfassen, während Nancy, ernst und streng, mit auf die Straße gerichtetem Blick besorgter und ängstlicher wirkte. Wie zufrieden mit diesem Besuch.

Neben ihm, hochmütig auf dem Pferd, staubbedeckt, aber aufrecht wie eine Stange, ging Laurence, und Bud fand, er hätte Nancy noch nie so schön und Laurence noch nie so lächerlich und unsympathisch gefunden wie an diesem Tag.

Bauern säumten die Tür in zwei Reihen, um die begehrte Herrin zu begrüßen, und Bud, der sich vor Aufregung und Wut auf die Lippe biss, trat ein wenig vor, aber nie weit genug, um sie glauben zu lassen, dass er den Reisenden huldigen würde.

Die Gig hielt am Zaun an, und Laurence, die fleißig vom Pferd abstieg, trat vor, um Nancy die Hand zu reichen, um ihr beim Abstieg zu helfen, aber sie tat so, als würde sie die Geste nicht sehen und tat es von der anderen Seite, was ihn verärgert zurückließ.

Bud fing die Geste auf und dankte ihr innig. Er hatte den wilden Drang verspürt, zur Kutsche zu eilen und seinen furchtlosen Feind hineinzustürzen.

Mr. Big, der als erster hinabgestiegen war, trat auf Bud zu und sagte:

"Guten Tag, Herr Raines." Ich möchte davon ausgehen, dass Sie diesen angenehmen Besuch nicht erwarten würden.

„Ich kann nichts dagegen einwenden, dass Sie annehmen, was Sie wollen", war die trockene Antwort.

Nancy trat nach kurzem Zögern vor und streckte ihm ihre weiße Hand entgegen, rief aus:

"Guten Tag, Bud, wie geht es dir?"

`` Sehr gut, Miss Nancy. Ich frage Sie nicht, weil ich sehe, dass es Ihnen vollkommen gut geht. Willst du mich ehren, indem du hineingehst?

Er winkte Fred zu, der Rosa, Nancys Dienstmädchen, anstarrte, und befahl:

"Fred, was machst du da stehend?" Führe diese Herren zu den Zimmern oben.

Big, der die aufgereihten Bauern beobachtete, war von dem Fall überrascht und fragte:

„Was zum Teufel hat das zu bedeuten? Hatten Sie Neuigkeiten von unserer Ankunft und haben Sie all diese Gangster mobilisiert, um Ihnen den Rücken zu stärken?

"Ich brauche es noch nicht, Mr. Big." Heute feiern sie.

„Party warum?

"Weil ich Geburtstag habe und ich dich zu einem außergewöhnlichen Essen eingeladen habe, das dir Freiheit für den Rest des Tages gibt."

Big tat so, als sei er von einer solchen Verschwendung schockiert und murrte:

"Wie? Aber glauben Sie, dass ich das Team dafür bezahle, jeden Vorwand zu nutzen und die Arbeit einzustellen?

„Wenn Sie sich entschließen, sie irgendwann zu bezahlen, ziehen Sie von meinem Gehalt den Betrag ab, der ihnen heute entspricht. In der Zwischenzeit prahlen Sie nicht mit dem, was Sie noch nicht getan haben.

Biss sich auf die Lippe und antwortete:

"Nun, wir werden darüber reden."

Fred, der seine ganze Haltung verloren hatte, als er Rosa gegenüberstand, überfuhr mehrere seiner Gefährten, während er versuchte, die Reisenden zu führen, und marschierte voraus, während Bud, Laurence den Rücken zukehrend, der ihn mit boshaften Augen angestarrt hatte, Nancy folgte lässt ihn beleidigend verlassen.

Floß sprang vor ihm auf und sagte:

"Hey Kumpel." Sie können ein großartiger Schütze sein, aber Sie können auch höflich sein. Ich habe Mr. Big begleitet und er musste mir zumindest guten Tag sagen und mich einladen. Der Rest kann später kommen.

Bud musterte ihn von oben bis unten und antwortete:

"Ich habe die Angewohnheit, jeden zu begrüßen, den ich mag, und nicht mit Leuten, die ich nicht mag." Wenn Sie mit Mr. Big kommen, lassen Sie sich von ihm einladen. Ich stehe nicht zu seinen Diensten, sondern zu seinen.

Big drehte sich schnell um und sagte, Laurence am Arm fassend:

"Entschuldigen Sie, Raft, ich war von der Diskussion abgelenkt." Natürlich sind Sie mein Gast und deshalb, da die Ranch meiner Tochter gehört und mir gehört, bin ich es, die Sie einlädt, in ihrem Namen hereinzukommen.

Floß schien mit der moralischen Ohrfeige zufrieden zu sein, die Bud gegeben wurde, und trat auf den Arm des Ranchers ein, während Nancy, die absichtlich zurückblieb, ihren Schritt verkürzte, bis Bud neben ihr war.

Er litt unter all den Schmerzen des Fegefeuers, weil er nicht wusste, wie er sich mit ihr benehmen sollte. Nancy schien kalt und besorgt, aber sie war die einzige, die sanft versucht hatte, das Eis dieser Situation zu brechen, dass sie nicht lange in einer solchen Position bleiben konnte.

Nancy erklärte:

"Ich finde die Ranch sehr verändert, Bud." Es scheint, dass Renovierungsarbeiten darin vorgenommen wurden.

Bud antwortete feierlich:

"Ja, es wurde etwas getan, um es aufzuräumen, obwohl ich Ihnen in Wahrheit versichere, dass ich nicht erwartet habe, dass Sie ihn so bald mit Ihrem Besuch ehren." Wenn ich das gewusst hätte, hätte ich die Vorkehrungen extrem getroffen ... wenn es mir möglich gewesen wäre.

"Es ist ihm viel angetan worden." Ich erinnere mich daran, als ich vor vier Jahren zu meiner armen Tante kam, und es war eine Schande. Warum hast du es uns nicht gesagt?

„Miss Nancy, es gibt viele Dinge, die ich nicht gesagt habe und nicht aus Mangel an Lust, sondern weil mir meine Möglichkeiten abgeschnitten wurden. Ich hoffe, dass einer zu Wort gekommen ist und dann wirst du vieles wissen, was du nicht weißt.

Sie hatten das oberste Stockwerk erreicht und Bud trat vor, um sie ins Büro zu führen.

Sie alle traten in ihn ein und Bud stand auf und fragte:

"Haben Sie einen vorgefassten Plan, Mr. Big, oder überlassen Sie es mir?"

"Ich bringe viele mit, aber sie können warten." Was schlägst du vor?

"Wenn Sie daran interessiert sind, dass wir zuerst die Immobilie besichtigen."

"Nun, lass uns sie besuchen."

Bud führte sie hindurch und zeigte ihnen das Innere, das renoviert worden war und fröhlich und attraktiv aussah.

Groß, mit ernstem Gesicht, kommentierte nichts, aber in seinem Herzen war er zufrieden mit dem, was er sah.

Beim Blick auf die Galerie; Nancy betrachtete diesen Topf voller Töpfe, die anfingen zu welken und rief:

"Oh wie schön! Im Sommer muss diese Galerie ideal sein!

"Es ist nicht schlecht." Jetzt beginnen die Reben zu wachsen, die Schatten spenden und es wird besser.

Er war zum letzten Platz gegangen, um ihnen das schöne Zimmer zu zeigen, das für Nancy bestimmt war. Als er die Tür öffnete und ihm zeigte, rief Big trocken aus:

"Wie ich sehe, führen Sie eher ein Feinschmecker- als ein Rancherleben, Mr. Raines." Dieser Raum ähnelt eher einer Frau als einem Mann.

"Das habe ich mir gedacht, als ich es vorbereitet hatte." Ich hatte gehofft, dass die Besitzerin eines Tages hierher kommen würde und ich es für sie dekorieren ließ.

Er biss sich auf die Lippe, erzürnt von der Kufe und Nancy rief dankbar aus:

"Sehr hübsch. Ich denke, es lädt uns ein, mehr Tage darin zu verbringen, als wir dachten, hier zu sein.

Bud, sehr amüsiert, Bigs Verwirrung zu beobachten, fragte:

„Willst du jetzt die Weiden und das Vieh sehen? Es ist immer noch Licht und du wirst beurteilen können, wie es ist.

"Gut. Wir werden den Besuch beenden.

Bud schrie Fred, der weg war, sowie Rosa an und befahl:

"Fred, bring die Jungs auf die Weide." Das wollen die Herren sehen.

Fred schoss mit den Bauern heraus und Big, gefolgt von seiner Tochter und Floß, das wie eine Todesfee um sie herumschwebte, steuerte auf die Weide zu.

Der Viehzüchter bestätigte, dass ein neuer Dornenzaun angelegt worden war, dass die Menge der Rinder zugenommen hatte und dass ihre Qualität ausgezeichnet war, und er stellte auch fest, dass die Weide mit dem von Bud gekauften neuen Land erweitert worden war.

Er täuschte Unwissenheit vor und fragte:

„Haben Sie die Erlaubnis erhalten, Vieh auf die Weiden anderer Leute zu setzen?

"Nein, Mr. Big, diese Weiden gehören zu Miss Nancys Ranch."

"Wie? Wurden sie verschenkt?

"Fast. Die Anschaffung war nicht schlecht. Diese fünftausend Dollar, die Sie mir als Restbetrag unseres ersten Kontos geschickt haben, haben Wunder gewirkt.

Big nahm den Schlag und sagte:

"Darüber reden wir später."

Als er durch den neuen Stall ging, entdeckte er durch die offene Tür den kostbaren weißen Hengst, den Bud für sich reserviert hatte, und rief ihn an, indem er ihn anstarrte:

"Du hast ein schönes Pferd, Bud, auch wegen dieser fünftausend Dollar?"

"Ebenfalls. Sage ich dir nicht, dass ich mit ihnen Wunder vollbracht habe?

Nancy, fasziniert von dem Pferd, näherte sich ihm liebevoll und streichelte ihn und Bud sagte mit zitternder Stimme:

"Miss Nancy, das Pferd gehört Ihnen und Sie können es jederzeit entsorgen." Ich habe es für dich trainiert und habe nur auf die Chance gewartet, es dir zu geben.

Nancy zögerte und antwortete schließlich:

"Danke, Bud, heben Sie das auf, wenn die Zeit gekommen ist, alle Rechnungen zu begleichen."

Sie kehrten auf die Ranch zurück. Groß ungeduldig gewarnt:

"Ich möchte, dass wir ein kleines Geschäft reden." Ich denke, wir alle brauchen es.

"Ich stehe Ihnen zur Verfügung.

"Nun, für mich kannst du anfangen, wann immer du willst."

"Entschuldigen Sie, aber ich beschäftige mich nur mit den Interessenten." Ich kann es mit dir oder deiner Tochter oder mit beiden machen, aber sonst niemand.

"Sagen Sie es für Mr. Raft?" Wenn der Herr ist, als ob er von zu Hause wäre!

„Sehr gut, denn wenn Ihnen das Haus endgültig gehört, und sobald wir die Rechnungen abgerechnet haben, geben Sie es ihm, wenn er will, und es wird für meinen Teil keine Unannehmlichkeiten geben. In der Zwischenzeit werden wir uns selbst mit dieser Angelegenheit befassen.

"Gut gut. Nancy, ich glaube, du kommst etwas müde und wirst dich gerne ausruhen. Gehen Sie in den Raum, den sie galant für Sie hergerichtet haben, und lassen Sie sich von Rosa für das Abendessen vorbereiten. Was Sie betrifft, Mr. Raft, Sie können sich ein Zimmer aussuchen und mit dem Aufräumen fortfahren. Sie wissen, dass Sie zu Hause sind.

"Vielen Dank, aber ich würde lieber reiten gehen, während Sie Ihren Geschäften nachgehen." Wenn ich zurückkomme, werden wir meinen definitiv reparieren.

"Gut; wie es Dir gefällt!

Nancy ging hinaus und begegnete Rosa, die im Korridor auf ihn wartete, während Raft, ein wenig nervös, unfähig, seine wahre Situation zu bestimmen, hinunter auf die Terrasse ging, den Zaun überquerte, auf sein Pferd stieg und trottete, um den Moment zu verdauen. feierlich, dass er lebte, weil er von größter Angst gepackt war und keine Entscheidung treffen konnte, die sie klären würde.

Sein Herz warnte ihn, dass er von den Zähnen einer Falle gefangen war, aus der er sich nicht befreien konnte, aber auf jeden Fall hatte er eine klare Haltung, in der er nicht aufgeben würde. Er würde die Schulden, die er Bud schuldete, begleichen, und nachdem Gott arrangiert hatte, was am günstigsten war.

WIE EIN MANN REAGT

Sie waren allein im Büro Bud und Big, und dann legte der erste die Buchhaltungsbücher auf die Tafel und zeigte auf sie, sagte:

"Mr. Big, hier sind alle meine Schulden, aber da Sie in meinen Schulden stehen, erwarte ich, dass Sie den Betrag des vorherigen Saldos auf den Tisch legen." Dann fragen Sie mich, was Sie für relevant halten.

„Muss ich diesen Betrag unbedingt im Voraus einzahlen? Ist mein Wort nicht genug, um es zu bezahlen, wenn es fair ist?

"Es könnte genug sein, wenn Sie mit mir würdevoll gewesen wären." Es reicht nicht, wenn Sie mich schlechter behandelt haben als die letzte und verachtenswerteste Ihrer Bauern.

„Wie hast du mich behandelt? Welche Berichte haben Sie mir über Ihre Handlungen und Ihr Geschäft gegeben? Sie wussten, dass Sie es mit etwas zu tun hatten, das Ihnen nicht gehörte.

"Aber was mich genauso interessiert hat wie Sie." Was wäre aus der Ranch geworden, wenn ich nicht den Einfallsreichtum gehabt hätte, Geld zu beschaffen und die Arbeiter zu bezahlen, das Weideland zu erweitern, mehr Vieh zu erwerben, dieses zerstörte Haus zu renovieren und seinen Kredit zu sichern?

"Ich bezweifle nicht, dass er es so gemacht hat, aber wie hat er es gemacht und warum hat er mir nicht rechtzeitig Rechenschaft abgeliefert?"

"Weil er mich wie einen Unfähigen und wie einen Diener behandelt hat und ich nichts davon bin." Ich werde arm sein, weil ich mein persönliches Vermögen vergeudet habe, aber ich habe den Einfallsreichtum, mir ein neues aufzubauen, wenn ich es mir in den Kopf setze.

"Ich bin nicht von dir überzeugt, Bud." Gib mir die Konten später. Ich werde sehen, ob du Recht hast.

"Ich werde sie dir nicht geben, ohne vorher das Geld zu bekommen."

"Es tut mir leid, aber ich kann nicht zustimmen." Es wäre, auf den Betreff Ihres ersten Briefes zurückzukommen. Ich wiederhole, wenn es Gerechtigkeit gibt, werde ich bezahlen, was ich schulde.

Ermutigt stand Bud auf, schlug auf die Bücher, warf sie zu Boden und schrie:

„Er wird nichts geben, weil ich ihm alles gebe! Ich hinterlasse ihm eine Ranch, die den doppelten Wert hat, als ich mich um ihn gekümmert habe; Ich überlasse ihm doppelt so viel Boden wie der, den er hatte, als ich kam; Ich hinterlasse Ihnen ein würdiges Team und keine Truppe von Viehdieben; Ich überlasse es ihm bis zum Tag und hinterlasse ihm mehr Vieh, als ich hier vorgefunden habe. Ich überlasse Ihnen auch mein siebenmonatiges Gehalt, das ich Ihnen gebe, damit Sie Ihrer Tochter das Hochzeitsgeschenk machen können, wenn Sie diesen Narren heiraten, den Sie in Ihre Firma gebracht haben, wenn nicht bevor ich Sie für einen Idioten an den Zaun nagele . Ich habe ein Schicksal und es ist erfüllt. Ich wurde mit dem "Colt" in der Hand geboren und werde damit leben, bis ich mit meinen Stiefeln falle, aber ich werde niemals unter der Kontrolle von irgendjemandem leben,

Bud drückte heftig gegen den Tisch und ging zur Tür, um zu gehen. Big versuchte, ihn zurückzuhalten, aber er wies ihn brüsk zurück und als er sie gewaltsam öffnete, blieb er verwirrt stehen, als er vergeblich die Silhouette von Nancy entdeckte, die ihm den Weg versperrte.

„Warte eine Minute, Bud", sagte sie schnell. Möchten Sie mir die Gnade eines Gesprächsminuten gewähren?

Bud zögerte, antwortete aber mit heftiger Anstrengung:

"Du bist eine Frau und ich kann einer Frau nichts absprechen." Sie werden mir sagen, was Sie von mir wollen.

"Ich erinnere ihn nur an das Gespräch, das wir eines Abends auf der Terrasse von Daddys Ranch hatten." Er erinnert sich?

Bud murmelte mit einem Kloß im Hals:

"Ja! Wir sprachen darüber, sich die Sterne zu wünschen ... von unmöglichen Lieben ... von ein paar weiteren Dingen zu diesem Thema.

"Tatsächlich. Es war auch von Wänden die Rede, die ein Springen verhindern, um das zu nehmen, was am meisten gewünscht wird. Ich glaube, ich war derjenige, der Ihnen gesagt hat, dass Sie, wenn Sie ein mutiger und riskanter Mann wären, über diese Mauern springen würden ...

Bud starrte sie gequält an. In Nancys Augen brannte ein seltsames Feuer, etwas Großes und Erhabenes, das wie das Versprechen und die Einladung dieser Nacht war, und, ohne sich beherrschen zu können, geblendet von ihrer herrlichen Vision, die alles erriet, was ihre Seele verbarg und das immer noch... Er hatte keine Zeit gehabt zu verstehen, er streckte krampfhaft die Arme aus und rief:

"Nicht! Ich habe es nicht übersprungen, verdammt meine Seele! Aber ich werde jetzt springen, auch wenn ich im Herbst abstürzen sollte!

Und er hielt sie wie in dieser Nacht und küsste sie erneut vor Big, der in Gelächter ausbrach.

Bud ließ Nancy los und wandte sich gegen ihn und rief:

"Worüber lachst du?

"Was für ein Spaß ich auf deine Kosten hatte, Bud." Ich habe dich ständig angespornt, ohne dass du es bemerkt hast, und du hast mein Spiel gespielt, ohne es zu wissen. Tag für Tag wurde mir mitgeteilt, wie viel Sie hier taten, um das zu verdienen, wonach Sie sich auf der Welt am meisten sehnten; aber ich hielt es nicht für angebracht, ihm mit der Hand über den Rücken zu streichen, um ihn zu loben, falls er es glaubte und unterwegs in Ohnmacht fiel. Es gibt Wege, auf denen man sich nicht mittendrin ausruhen kann, weil man Gefahr läuft, nach hinten abzurutschen und sich zu verirren. Deshalb habe ich ihn von hinten angestupst und wollte bis zum letzten Moment nicht aufhören.

„Und was ist der letzte Moment für dich? fragte Bud.

„Weil es heißt?

"Wegen dieser Puppe, die als Eskorte mitgebracht wurde." Wenn es Ihr Ziel war, dieser Scharade ein Ende zu setzen, was war dann das Hindernis?

"Das ist das letzte Hindernis, das du beseitigen musst, Bud." Entschuldigung, aber es gibt keine andere Lösung. Es ist ein Furunkel, das vor langer Zeit aufgetreten ist und das nicht beseitigt werden konnte.

Nancy erhob sich wütend und sagte:

"Das ist nicht richtig, Papa." Sie müssen ihn nur feuern.

"Nein, Tochter, Laurence ist einer von denen, die nur von Fäusten überzeugt sind." Ich habe es dir gesagt und du weißt es. Er ist hartnäckig hierher gekommen, damit Sie seine Niederlage zum zweiten Mal miterleben können, und er muss zufrieden sein.

Bud, der ihn hörte, verließ das Zimmer mit voller Geschwindigkeit und ging auf die Terrasse hinunter und rief:

„Wo ist der Typ, der Mr. Big begleitet hat?

"Er sagte, er würde im Tal spazieren gehen." Ich glaube nicht, dass es lange dauern wird.

In diesem Moment war Laurences Pferd in der Ferne zu erkennen und Bud wartete mit vor Freude überquellendem Herzen darauf, dass es ankam.

Als Floß auf dem Boden landete und Bud entdeckte, biss er die Zähne zusammen und fragte:

„Ist die Konferenz schon zu Ende? Darf ich wissen, wie meine Situation in diesem Haus ist?

"Ja, und ich werde Sie darauf hinweisen." Ich habe mit Mr. Big und seiner Tochter meine nächste Ehe mit Nancy arrangiert. Dies gibt Ihnen eine Vorstellung von Ihrer Situation und jetzt, da ich weiß, dass Sie mit der Absicht gekommen sind, diese ausstehende Schulden zu begleichen, stehe ich Ihnen zur Verfügung, um sie zu begleichen, aber denken Sie daran, dass sich das Ende überhaupt nicht ändern wird für dich. Gewinner oder Verlierer, Miss Nancy wird meine Frau sein.

Floß wurde dick blass, als er ihn hörte. Er erkannte, wenn auch spät, dass er in den Händen des listigen Großen ein Spielzeug gewesen war, und eine dumpfe Wut überkam ihn.

Seine Wut kontrollierend, sagte er kalt:

"Es ist okay, Bud." Sie gewinnen und es gibt nicht mehr über diese Angelegenheit zu sprechen. Ich war ein Narr, nicht zu verstehen, dass das, was in dieser Nacht auf dem Hof der Ranch geschah, tiefer ging, als ich gedacht hatte, aber es gibt kein Recht, sich über einen Mann lustig zu machen, wie es Mr. Big getan hat. Ich mag vielleicht nicht gut zu deiner Tochter passen, aber ich bin kein Weichei oder Feigling, dem man Mut mit Fäusten beibringt.

"Du hast mich einmal besiegt, als ich, beseelt von tauber Wut und großer Hoffnung, mit dir kämpfte, um meine Liebe zu verteidigen, und ich weiß, dass du mich heute besser besiegen wirst, da die Triumphe dir gehören und ich für eine leere Sache kämpfen werde; Vor allem aber möchte ich feststellen, dass ich ein Mann bin, der sich mit Niederlagen abfinden, aber nicht vermeiden will.

Er zog Jacke und Gürtel aus, warf sie beiseite und sagte:

"Wann immer Sie wollen, ich bin bereit zu beginnen ..."

Bud spürte, wie all sein Hass auf Raft an seinem männlichen Charakterzug starb, und als er sich ihm näherte, antwortete er:

"Hör mir zu, Laurence." Du weißt, ich bin kein Feigling. Du weißt auch, dass ich dich heute besser denn je schlagen werde, gerade weil ich für alles kämpfe und dich für nichts. Aber ich möchte dir etwas sagen, von dem ich nie gedacht hätte, dass ich es dir sagen müsste. Heute bist du ein netter Mann für mich geworden. Sie haben mir gezeigt, dass Sie ein männliches Temperament haben, und ich zolle ganzen Männern Tribut. Es würde mir weh tun zu sehen, wie er diese ramponierte, kaputte Ranch verlassen würde, voller doppelter Ressentiments, die zu nichts führen würden. Weder in meinen noch in Nancys Augen wirst du wertlos sein, wenn du resignierst und diesen dummen Kampf aufgibst, der zu nichts führt. Sie zeigen endlich, dass Sie ein Mann sind, der akzeptiert, was das Schicksal Ihnen auferlegt, und nehmen mich als Beispiel. Ich hatte alles zu deinen Gunsten aufgegeben, weil ich geglaubt hatte, dass Nancy dich liebte. Ich hatte es bereits aufgegeben, ihn zu töten, obwohl ich der

Mann war, der mit dem "Colt" in der Hand geboren wurde. Eines Tages war ich überzeugt, dass mit einem Song und einer Gitarre mehr gewonnen wird als mit Fäusten oder Schüssen, und ich hatte mich entschlossen, den Revolver für immer in die Tasche zu stecken. Lass mich nicht denken, dass es nicht so sein sollte und dass ich es dumm mit dir machen sollte, wenn du nach dem Kampf nicht zufrieden bist und immer wieder an einen Rückkampf denkst. Was wir als Menschen nicht lösen, werden wir nicht wie die Bestien lösen. wenn wir nach Kämpfen nicht zufrieden sind und immer wieder an einen Rückkampf denken. Was wir als Menschen nicht lösen, werden wir nicht wie die Bestien lösen. wenn wir nach Kämpfen nicht zufrieden sind und immer wieder an einen Rückkampf denken. Was wir als Menschen nicht lösen, werden wir nicht wie die Bestien lösen.

Floß blieb einen Moment angespannt, als zweifelte er an seiner Haltung. Plötzlich machte er zwei Schritte, nahm Jacke und Gürtel, zog sie an und sprang auf das Pferd, überquerte den Zaun und sagte:

"Tschüss, Bud, viel Glück für dich!" Sag Nancy, dass ich wie ein Feigling gehe, um nicht wenigstens ihre Wertschätzung zu verlieren.

„Tschüss, Floß! Bud schrie. Und denk das nicht. Du gehst nicht als Feigling, sondern als echter Mann. Irgendwann wirst du es so erkennen.

Das Pferd verirrte sich im Staub auf der Straße, und als Bud in den Hof ging, traf er Fred, der sehr untröstlich sagte:

"Nun, alter Fuchs, du hast deinen Prozess bereits gelöst, aber was ist mit mir?" Wie soll ich es lösen, wenn ich niemanden habe, mit dem ich Rosas Liebe bestreiten kann?

"Nicht? rief Bud trocken. Jetzt werden Sie sehen, wie ja!

Und bevor der naive Vorarbeiter Zeit hatte, auf der Hut zu sein, knallte er einen Volltreffer aufs Kinn, der ihn ausgestreckt auf den Steinplatten im Hof zurückließ.

Dann trug er es über die Schulter und ging die Treppe hinauf in das Zimmer, in dem Rosa Nancys Kleider vorbereitete.

Das Mädchen, das ihn mit Freds leblosem Körper ankommen sah, stieß einen kleinen Schrei aus und rief erschrocken aus:

„Was ist das, Mr. Bud? Was ist mit dem armen Fred passiert?

"Dass er mehr ein Idiot ist als ich, und das sagt genug." Es tat mir sehr leid, weil ich keinen Feind hatte, mit dem ich kämpfen konnte, um deine Liebe zu bestreiten, und ich habe mich hingegeben, dir dieses Vergnügen zu bereiten. Sag mir, ob ich dich lasse, oder dich in einen Teich werfen, um für einen Idioten zu ertrinken.

Rosa, empört, rief aus:

„Und deswegen musstest du ihn so schlecht behandeln? Glaubst du, ich brauche einen Scheißer statt einen Mann? Um ihn zu lieben, reicht das Gesicht, das er hat. Ich muss nicht die Faust ändern.

Bud, lächelnd, rief aus:

"Nun, dann gibt es keinen Grund zur Eile." In drei oder vier Stunden hast du ihn wieder. Da ich fest entschlossen war, nicht mehr mit ihm zu kämpfen, musste ich ihn irgendwann dazu bringen, in den Boden zu beißen, und das habe ich bereits getan.

Plötzlich stand Fred auf und sah ihn spöttisch an und sagte:

„Was glaubst du das, du Arschloch! Mal sehen, ob du denkst, dass ich die Aktion nicht gesehen habe! Was passiert, ist, dass ich mich über dich lustig machen wollte, dir diese dumme Befriedigung verschaffen ..., aber am Ende danke ich dir, weil du mich davor bewahrt hast, etwas Schwierigeres und Gefährlicheres für mich tun zu müssen, als zu kämpfen mit dir.

"Was? Du Stück Tier!

"Nun, ich muss diesem Jungen aussagen." Das war schwieriger für mich, als gegen zwölf Gesetzlose zu kämpfen.

Bud, desillusioniert, dass er seinen unhöflichen Freund nicht überraschend besiegt hatte, rief drohend aus:

"Es ist in Ordnung; Machen Sie sich darüber lustig, aber beanspruchen Sie nicht den Sieg. Ich schwöre dir, dass ich dich am Hochzeitstag so verprügeln werde, dass sie dich auf einer Bahre in die Kirche bringen müssen.

„Ich sollte es sehen! rief Fred aus. Und jetzt geh bitte weg, ich muss ein paar Worte zu diesem Zuckerwürfel sagen. Wenn du so ein Idiot bist, dass du deine Zeit damit verschwendest, Kämpfe zu drohen, anstatt zu deiner Qual Liebeslieder zu singen, bin ich nicht schuld. Raus hier!

Und mit einem großartigen Stoß setzte sie ihn in den Flur und schlug die Tür zu ...

ENDE